tredition®

www.tredition.de

AF217683

Jo Niksch

Der transformierte Mensch

www.tredition.de

© 2020 Jo Niksch

Verlag & Druck: tredition GmbH, Halenreie 40-44, 22359
Hamburg

ISBN
Paperback: 978-3-347-02788-6

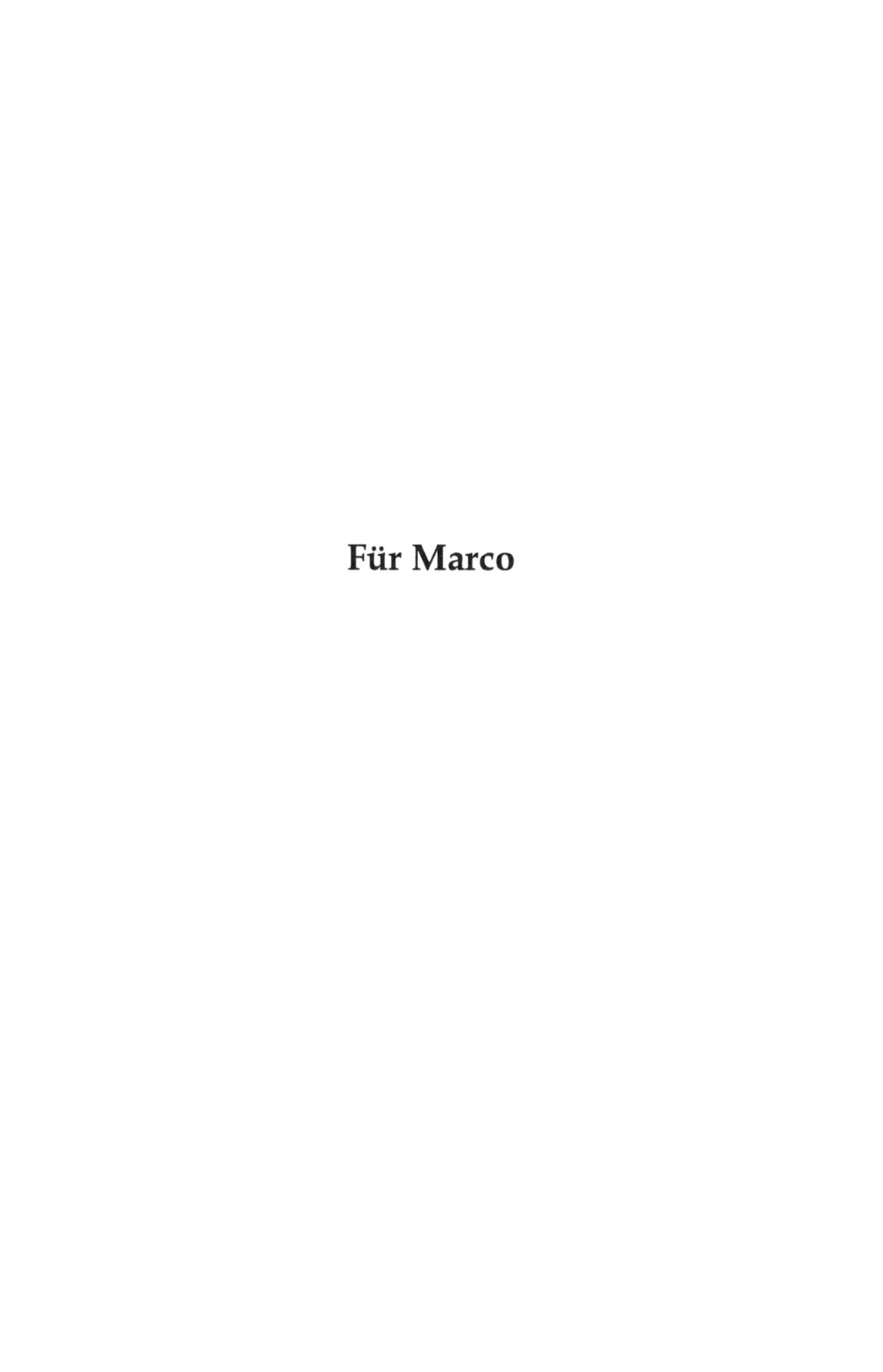

Für Marco

PROLOG

Die Zeit ist reif. Für eine weitere Geschichte. Eine Geschichte von vielen. Die bereits erzählt worden sind. Ein Leben vor Augen. An dem sich Horst die Zähne ausbeißt. Er fühlt sich lebenssatt. Perspektivlos. Sein treuester Lebensbegleiter. Weltschmerz. Er ist zu gesund, um Sterbehilfe zu beantragen. Zu feige, um einen Suizid zu verüben. Er wäre gerne gefragt worden. Ob er an der Party des Lebens teilnehmen wolle. Nicht jeder ist zum Partygänger geboren. Dumm gelaufen. Horst möchte seine Haut abstreifen. Die sein Dasein von der Welt trennt. In der er sich wie ein Fremdkörper fühlt. Sein Dasein. Ein Gefängnis. Ohne Fluchtmöglichkeit. Nie wird er einen Zugriff zu jener Welt verspüren. Redet er sich ein. Eine Welt. Die er nicht versteht. Als wäre sie ein ferner Planet. Eine Welt. An der er teilhaben möchte. Schlangen häuten sich. Die neue Haut ist derweilen nachgewachsen. Ein sinnloses Spiel.

Kürzlich hatte Horst Besuch. Von einem Bekannten. Mit einer Pipette hat dieser ihm einen Tropfen Öl unter die Zunge geträufelt. Aus dem Drogeriemarkt. Der neueste Schrei. Meistens ausverkauft. Nachschubprobleme inbegriffen. In Apotheken innerhalb weniger Stunden lieferbar. Der Preis entsprechend hoch. Und dann das Aus. Wenige Wochen später. Die Rechtslage müsse überprüft werden. Die gute Nachricht. Es sei ein Gesetzt in Kraft getreten. Cannabisanbau zu medizinischen Zwecken sei ab sofort erlaubt. In einem Land. Das sich mit Innovationen schwer tut. In dem gewöhnlich endlos diskutiert wird. Bevor etwas Einschneidendes passiert. Im Norden des Landes würde bereits eine überdimensionale Halle entstehen. Ein Hochsicherheitstrakt. Der Nachschub wäre somit geregelt. Insofern die Rechtslage dies zuließe. Nach etlichen Analysen. Deren Überprüfungen. Und weiteren zähen Diskussionen. Ein pedantisches Land. Denkt Horst. Alles hat seine Ordnung.

CBD. Die Substanz der Zukunft. Krampflösend. Muskelentspannend. Schmerzlindernd. Beruhigend. Ohne schädliche Nebenwirkungen. Horst lächelt. Wie schon lange nicht mehr. Die Welt wäre eine Andere. Wenn Manager und Banker...

... weder Koks noch Amphetamine konsumieren würden. Weder Gewinnmaximierung um jeden Preis proklamieren noch pausenlosen Leistungsdruck erzeugen würden. Eine Gesellschaft. Die sich von Hanföl besänftigt dem Guten zuwendet. Was auch immer das Gute sein möge. Eine lebenswerte Welt. Eine liebenswerte Welt. Solidarität und Toleranz statt Ausgrenzung und Selbstverliebtheit. Es gäbe weder Gewinner noch Verlierer. Noch sind Träume nicht verboten. Ein letzter Rest von Privatsphäre ist geblieben. In einer gläsernen Gesellschaft. In einer von Röntgenaugen durchleuchteten Welt. Horst ist undankbar. Wenn er sich in seiner Apathie zurücklehnt. Er hätte Grund zur Dankbarkeit. Er ist finanziell abgesichert. Hat einen Teilzeitjob im Dienstleistungsbereich. Nicht unbedingt lebenserfüllend. Ein Job zum Überleben. Dies sollte genügen. Es gibt Menschen. Die Horst mögen. Und es gibt Menschen. Die ihm sympathisch sind. Er schläft gut. Sein Gesundheitszustand ist akzeptabel. Diverse Zerfallserscheinungen inklusive. Und Horst hat Zeit. Zeit für sich. Zeit für Dinge. Die ihm lieb sind. Ein unerhörter Luxus. Eine gute Ausgangslage. Insofern er nicht in einer lethargischen Endlosschleife festhängen würde. Horst fühlt sich übersättigt. Als hätte er sich maßlos überfressen. An seinem Leben. Was nicht den Tatsachen entspricht. Ein Cocktail aus Erschöpfung. Aus Antriebsschwäche und Ziellosigkeit. Dies macht ihm zu schaffen. Das Dasein. Wie es sich ihm aufzwingt. Eine stete Wiederholung. Tag für Tag. Sinnlos. Horst hat bereits alles erlebt. Glaubt er zumindest. Bildet er sich ein. Das Spiel des Lebens könne auch ohne ihn gespielt werden. Er möchte kein Spaßverderber sein. Er ist nun mal kein Spieler. Horst möchte nichts als inneren Frieden.

Er träumt den Traum eines verschlafenen Tages. Der ohne Bewusstsein seiner selbst dahinplätschert. Ein vages Leben. Ein Traum Gottes. Insofern es diesen gäbe. Möglicherweise. Jeder Tag ein Leben für sich. Er wird geboren. Er wird sterben. Spätestens. Wenn der Nächste anbricht. Manchmal stirbt er auf dem Weg dorthin. Wenn er keine gute Laune hat. Wenn er sich mies fühlt. Es gibt Tage. Die nach Frühlingserwachen schmecken. Nach in Watte gelullter Sommerschwüle. Nach vermoderndem Herbstlaub. Nach winterlicher Frosterstarrung. Horst bevorzugt die warmen Tage. Denkt an tropische Länder. Denkt an paradiesische Nacktheit. Er ist neidisch auf eine Unbekümmertheit. Die er nicht kennt. Und vergisst dabei die Cholera. Das von Bakterien verseuchte Trinkwasser. Das Elend all derer. Die im Schmutz der Straße hocken. In einem stinkenden Rinnsal. Das der letzte Wolkenbruch hinterlassen hat. Er vergisst all jene. Die dem Tod entgegen vegetieren. Eines Tages wird er kommen. Jener Tod. Der alle Menschen die Hände einander reichen lässt. Ein verlässlicher Gleichmacher. Inmitten perfider Ungleichheit. Die Realität schlechthin. Der große Vereiniger in einer anderen Dimension. Schranken öffnen sich. Trennende Mauern stürzen ein. Isoliertheit weicht einer kollektiven Geburt. Das von Gott geträumte Leben versandet in der Unendlichkeit. Zerrinnt im Irgendwo. Als hätte es nie gelebt.

An einem Maitag lernt Horst Uwe kennen. Uwe berichtet von seinen Reiseplänen. Erzählt von seinen Lebensumständen. Wenige Tage nach der Diagnose. Horst hört aufmerksam zu. Horst wird nachdenklich. Horst erblickt ein Licht am Horizont. Horst erwacht.

Eins

Zu Beginn der 60er Jahre war die Welt eine heile Welt gewesen. Aus heutigem Blickwinkel. Mal abgesehen von der Kubakrise. Und dem Bau der Berliner Mauer. Alles hatte seine Ordnung. Die Nachkriegsjahre waren überstanden. Gesellschaftlicher Wohlstand für alle Bürger war das Credo der Stunde. Der damalige Zeitgeist. Selbstzufriedene Biederkeit. Wirtschaftswunderjahre. Sich den Gepflogenheiten anpassen. Nicht auffallen. Nicht aus dem vorgegebenen Rahmen treten. In der breiten Masse verschwinden. Die Helden der Medien. Waren auf harmlose Weise charmant. Brave Charaktere. Nach dem Kriegstrauma naheliegender Weise erwünscht. Peter Kraus sang *Sugar Sugar Baby*. Dies tat niemandem weh. Horst Buchholz. Der deutsche Marlon Brando. Etwas aufmüpfig. Doch ohne Ecken und Kanten. Dietmar Schönherr. Kommandierte souverän das Raumschiff Orion. Joachim Fuchsberger. Ein adretter Smartie. Peter Frankenfeld. Sorgte für gute Laune. Am geheiligten Samstagabend. Nach der Tagesschau. Und für Zerstreuung. Es war gemütlich bei Salzstangen und Bier. Nett und unkompliziert. Hildegard Knef hatte für einen Wimpernschlag ihre Weiblichkeit entblößt. Ende der 50er Jahre. Ein Skandal. Unerhört. Weitere sollten folgen. Jahre später auf der Reeperbahn. Trat eine unbekannte Band aus Groß Britannien auf. Spielte sich die Finger wund. Nacht für Nacht. Für ein paar Mark und Spesen. Die jungen Musiker damals mit Schmalztolle. Noch. Die westliche Gesellschaft. Wurde innerhalb weniger Jahre auf den Kopf gestellt. Dies konnte niemand vorhersehen. Eine weich gespülte Sattheit war das Kind seiner Zeit. Das ruhige Fahrwasser war angenehm. In dem sich die Mehrheit suhlte. Dies durfte sich nie ändern. Niemals. Auf gar keinen Fall. Als die Beatles die Hitparaden stürmten. Unternahm Uwe seine ersten Gehversuche.

Jahrzehnte später. Uwe sitzt am Strand einer Mittelmeerinsel. Der Himmel ist bewölkt. Der Wind ist nach einem Platzregen abgeflaut. Ein Sonnenstrahl lugt durch das Grau. Ein milder Tag. Anfang Dezember. Uwe hat gute Gründe an einem Mittelmeerstrand zu sitzen. Ihm ist bewusst. Es wird seine letzte Reise sein. Die Südsee wäre des Guten zu viel gewesen. Es wäre zu schmerzhaft. Abschied zu nehmen. Von einem Paradies. Uwe denkt an einen Song aus den 70er Jahren.

Good bye my friend it's hard to die when all the birds are singing in the sky and the spring is in the air …

Terry Jacks. Dicke, dunkle Locken. Der gemütliche Typ von nebenan. Mit dem man gerne ein Bier im Pub trinken würde. Die Diagnose. Ein Tag im Mai. Frühling eben. Die Sonne schien. Bauchspeicheldrüsenkrebs. Im fortgeschrittenen Stadium. Unheilbar. Mit größter Wahrscheinlichkeit. Uwe hatte sich entschieden. Ganz spontan. Aus voller Überzeugung. Keine Chemotherapie. Er kündigte seinen Job. Fristlos. Verfasste ein Testament. Erledigte Behördengänge. Die in seinem Fall zu erledigen waren. Uwe war ungebunden. War niemandem Rechenschaft schuldig. Seine Eltern waren verstorben. Die wenigen Freunde kämen ohne ihn klar. Er war frei. Für den Rest seines

Lebens. Wie lange dies auch dauern möge. Er würde verreisen. Baldmöglichst. Sein Hausarzt hatte ihn versorgt. Mit Medikamenten. Für den Fall der Fälle. Wenn die Schmerzen grenzgängig werden sollten. Morphium. Opiumderivate. Und zur Beruhigung. Cannabisöl in höchster CBD Konzentration. Der Anteil an psychoaktivem THC verschwindend gering. Ein patientenfreundlicher Arzt. Der es gut meint. Mit den Menschen. Mit der Natur. Mit dem Leben. Sein Hobby. Eine Plantage hegen und pflegen. Illegal. Ist ihm bewusst. Ist ihm egal. Auch wenn er seine Zulassung verlieren würde. Er steht zu seiner Überzeugung. Um jeden Preis. Ein Mensch sollte seine Grenzen kennen. Die er nicht überschreiten darf. Es sei denn. Sein Leben wäre ein Pokerspiel. Die nächsten Wochen schwamm Uwe täglich im See. Stundenlang. Ein Jahrhundertsommer. Dann vergaß er den Ernst seiner Lage. Für kurze Zeit. Tage. An denen er glücklich war. An denen er vor Lebenskraft strotzte. Diese Tage würde ihm niemand nehmen. Aufschieben auf später. Welch ein Irrsinn. Jeder Tag kann der Letzte sein. Ein herunterfallender Ziegelstein. Ein Sturz von der Haushaltsleiter. Das Verschlucken an einer Apfelschale. Das Überqueren einer wenig befahrenen Straße. Auf dem Weg zum Bäcker gegenüber. Carpe Diem.

Es dämmert. Uwe fühlt sich gut. Zurzeit ist er schmerzfrei. Ohne Medikamente. Dies kann sich schnell ändern.

Turn Turn Turn   The Byrds

Take it as it comes   The Doors

Leicht dahingesagt. Die Ungewissheiten des Lebens. Geboren und verschachert zu werden. Oder verbrannt.

Endlichkeit. Gott. Teufel. Liebe. Erlösung. Paradies. Himmel und Hölle. Uwe ist am Leben. Hat dessen Endlichkeit vor Augen. Stellt Gott in Frage. Und die jesuanische Erlösung.

Jesus died for so many sins but not mine   Patty Smith

Paradies. Himmel. Hölle. Erklärungsmuster archaischer Menschen. Nichts als Bilder. Um Dinge zu begreifen. Die nicht begriffen werden können. Und der Teufel. Steckt im Detail. In der Selbstüberschätzung. Im Selbsterhaltungstrieb. Im Raubbau. Die Erde ist krank. Unheilbar krank. Es scheint nicht offensichtlich. Dass die Zeit die Wunden heilt. Sie zerrinnt zwischen den Fingern. Liebe. Agape und Eros. Hingabe und Begehren. Der Widerspruch schlechthin. Das Leben hat keinen Sinn. Außer den. Den man ihm gibt. Dies leuchtet Uwe ein. Engagement. Kreativität. Selbstverwirklichung. Die Menschen sind davon Besessen. Sich selbst darzustellen. Als Kunstwerk. Als Performance. Als Happening. Als Fußabdruck für die Ewigkeit. Sie schreiben Prosa. Oder Lyrik. Sie malen in Öl. Oder auf Aquarellpapier. Spielen in einer Band. Oder produzieren Fließbandmusik auf ihrem Computer. Ein Zeitalter der Egomanie. Alle wollen gehört werden. Gesehen werden. Auffallen. Unsterblichkeit en vogue. Damit man nie vergessen wird. Jeder ist ein Künstler. Hat Josef Beuys gesagt. Andy Warhol verwandelte Alltägliches in Kunstgegenstände. Jackson Pollock spritzte willkürlich Farbe auf die Leinwand. Und Uwe schwimmt im Sog der Welle mit. Ein Roman sollte es sein. Zumindest eine Novelle. Eine Geschichte. Die die Welt bereichern würde. Ein Geschenk an die Menschheit. Uwe weiß. Die Zeit ist knapp bemessen. Ein langes Leben.

Ein intensives Leben. Uwe würde beide wählen. Wenn er denn die Wahl hätte. Und ein glückliches.

Epikur. Der vermeintliche Hedonist. Lebte asketisch. Genügsam und bescheiden. Lust bedeutete für ihn. Die Abwesenheit von körperlichem Schmerz. Und von seelischer Qual. Punkt. Alles läuft auf eines hinaus. Resümiert Uwe. Entscheidend sei der Blickwinkel. Aus dem das Leben betrachtet wird. Die einzige Freiheit des Menschen. Er hat die Wahl. Das berühmte Glas. Halbvoll oder halbleer. Das Leben des Brian. Ein Film. Monty Python. Brian alias Jesus hängt am Kreuz. Blickt betrübt in die Landschaft. Ein Leidensgenosse an seiner Seite stimmt ein Lied an.

Always look on the bright sight of life

Die Sonnenseite des Lebens. Die Sonne scheint immer. Irgendwo. Wenn es regnet. In der Nacht. Die Sichtweise eben. Uwe ist schmerzfrei. Uwe hat Lust zu leben.

Der Tag verabschiedet sich. Mit dem letzten Sonnenstrahl. Es wird früh Dunkel. Im Dezember. Uwe kehrt auf ein Bier ein. Die Terrasse der Bar ist auf Stelzen gebaut. Ragt ins Meer. Darunter plätschert das Wasser. Der Wind nimmt zu. Uwe zieht eine Jacke über. Und gibt die Bestellung auf. Ein einzelner Gast am Nebentisch. Ein älterer Herr. Nippt am Rotweinglas. Dreht es in der Hand. Blickt auf das Meer. Scheint mit sich im Reinen zu sein. Zufrieden. Den Tag genießend. Der Fremde erhebt sein Glas. Und prostet Uwe zu. Als wolle er Uwe an seinen Tisch bitten. Uwe nimmt neben ihm Platz. Und stellt sich vor. Dass er aus Deutschland stamme. Der Mann reicht ihm die Hand. Sein Name sei Alan. Er käme aus Neuseeland. Hätte einige

Jahre in Hamburg gelebt. In den 90er Jahren. Hätte bei Greenpeace gearbeitet. Als Auslandskoordinator. Uwe blickt ihn interessiert an. In seiner Jugend sei Alan Aktivist gewesen. Radikal. Kompromisslos. Hätte in Lebensgefahr geschwebt. Damals. Rainbow Warrior. Er stamme aus Manganui. Ganz im Norden. Ein verschlafenes Nest. Ein weißer Fleck auf der Landkarte. Nahezu. Hin und wieder tauche ein Fremder auf. Das Leben hätte es gut mit ihm gemeint. Ein überschaubares Paradies. Wenige Menschen. Intakte Natur. Malerische Buchten. Mildes Klima. Kein Wunder. Dass er bei Greenpeace gelandet sei. Als Kind hatte er zu schätzen gelernt. Was das Leben lebenswert macht. Uwe trinkt sein Bier aus. Und bestellt eine Flasche Rotwein. Mit dem Gespür. Dass es ein langer Abend werden würde. Die Welt ist ein Dorf. Denkt Uwe. Und berichtet von seinem Aufenthalt in Manganui. Vor dreißig Jahren. Zur Weihnachtszeit. Alan möchte Näheres erfahren. Und Uwe erzählt. Er sei im Manganui Hotel abgestürzt. Lion Brown. Ein süffiges Bier. Ist die Kehle runter geflossen. Wie ein Wasserfall. Er sei jung gewesen. Konnte einiges vertragen. Der Schwertfisch. Er hing an der Wand. Drei Meter lang. Eine bleibende Erinnerung. Alan ist sprachlos. Für einen Augenblick. Denkt an seine Heimat. Wie unwahrscheinlich. Dieser Zufall. Es wird ein ausgedehnter Abend. Sie teilen sich eine Fischplatte. Und den restlichen Wein. Tauschen ihre Telefonnummern aus. Verabreden sich für den nächsten Tag. An gleichem Ort. Zur gleichen Zeit.

Uwe schläft lange. Trinkt einen Milchkaffee. Freut sich auf den Abend. Unternimmt eine Wanderung. In den umliegenden Hügeln. Ein sonniger Tag. Ganz nach seinem

Geschmack. Macchia Gewächse. Oleanderbüsche. Feigen-kakteen. Karge Umgebung. Eine vereinzelte Palme. Die Regenzeit hat begonnen. Die Palme steht verloren in der Landschaft. Wenn es regnet. Dann kurz und heftig. Große Tropfen prasseln auf felsigen Untergrund. Und fließen schnell ab. Als hätte es keinen Niederschlag gegeben. Anhaltender Nieselregen ist unbekannt. Auf den Mittelme-erinseln. Die Uwe bereist hat. Er genießt das Panorama. Das Meer. Wohin er auch blickt. In jede Richtung. Eine Landzunge. Von Wasser umsäumt. Im Winter ist die Luft klar. Der Sommerdunst wie weggewischt. Welch ein Blau. Ein Moment. Um die Zeit anzuhalten. Wie für die Ewigkeit geschaffen. Uwe riecht Kräuteraromen. Schmeckt salzige Meeresbrise. Fühlt die weiche Mittelmeerluft auf seiner Haut. Und die Schweißperlen. Er setzt einen Fuß vor den Anderen. Behutsam. Meditativ. Uwe möchte diesen Augenblick in Stein meißeln. Und immer mit sich herum-führen. Ein treuer Begleiter. Auf mancher Durststrecke. Erinnerungen. Man kann von ihnen zehren. Doch nicht den Rest seines Lebens. Das Leben will Lebendigkeit. Keinen Stillstand. Jeden einzelnen Tag. Jede Sekunde aufs Neue.

Nach der Wanderung liegt Uwe am Strand. Ist kurz ins Wasser getaucht. Das Kältegefühl weicht einem Prickeln. Auf angenehme Weise. Die Sonne trocknet die Haut. Alles hat seine Zeit. Uwe liegt mit der Gewissheit im Sand dass ihm von dieser nicht mehr viel bleiben wird. An einem Tag wie heute. Ist dies für ihn akzeptabel. Kein Hadern. Das seine Stimmung trüben würde. Er ist hier. Es geht ihm gut. Den Umständen entsprechend. Er kennt auch andere Tage. Fiese Tage. An denen alles einzustürzen droht. Das ganze Lebensgerüst. Er muss sie geduldig ertragen. Und auf den

Nächsten hoffen. Der ein Guter werden könnte. Oder auch nicht. Es kommt wie es kommt. Uwe streckt sich auf dem Handtuch aus. Keine Wolke weit und breit. Seine Heimat ist in Dunkelheit getaucht. Im Norden des Landes tobt ein Sturm. Die Menschen sehnen sich nach Licht. Uwe wird von der Sonne geblendet. Nichts ist selbstverständlich. Er ist dankbar. Er steht auf und besorgt sich ein Getränk. Aus einer Bude ganz in der Nähe. Ein kühles Bier am Strand. Eine Wohltat. Vergleiche hinken. Ist sich Uwe bewusst. Eine erfüllte Liebesnacht. Ein Gourmetessen. Cognac und Zigarre danach. Ein edler Wein. Dekadent. Luxus kann reizvoll sein. Denkt Uwe. Auch wenn er unnötig erscheint. Nicht lebensnotwendig. Per se nichts Schlechtes. Wenn niemand dafür leiden muss. Wer nicht genießt, ist ungenießbar. Behauptet der Volksmund. Uwe kennt Menschen. Die ungenießbar sind. Aus besagtem Grund. Genuss benötigt Achtsamkeit. Genuss benötigt Respekt. Vor der Natur. Vor der Nahrung. Vor dem Leben. Nachhaltigkeit eben. Schadensbegrenzung. Ein badischer Wein. Tabak aus der Pfalz. Ziegenkäse aus dem Odenwald. Alles vor der Haustür. Was nicht ganz zutrifft. Zumindest aus der Umgebung. Die Gesellschaft. In der er aufgewachsen ist. Denkt Uwe. Jammert auf hohem Niveau. Ist neidisch. Auf die oberen Zehntausend. Der Rachen ist nicht groß genug. Um alles zu verschlingen. Bemitleidenswert. Geiz ist geil. Nein. Ist er nicht. Sagt Uwe zu sich selbst.

Das Bier tut ihm gut. Er schlägt einen Roman auf. Hemingway. Ein Nobelpreisträger. Hatte intensiv gelebt. Nicht immer vorbildlich. Großwildjäger. Frauenjäger. Trinker. Wurde schwer krank. Nahm eine Flinte. Und steckte sie sich in den Mund. Konsequent. Ohne Frage.

Uwe besinnt sich seines eigenen Zustands. Keine Gewähr. Wie es mit ihm weitergehen würde. Eine Flinte. Käme nicht in Frage. Er ist kein Held. Ein Aufenthalt in Holland. In der Schweiz. Eine Spritze. Gute Nacht. Auf Wiedersehn. Das Leben. Ein offenes Buch. Niemand weiß. Wie lange er darin lesen wird. Uwe betrachtet sein bisheriges Leben. Es war unspektakulär gewesen. Mit Höhen und Tiefen. Die Jeder kennt. Keine hohen Ansprüche. Überschaubare Ziele. Genügsamkeit. Ehrlichkeit um jeden Preis. Lügner und Betrüger gab es zu Hauf. Uwe vertrat seine Meinung. Ohne Wenn und Aber. Ein Ja war bei ihm ein Ja. Die Sichtweise anderer respektierte er. Ob sie ihm schmeckte. Oder auch nicht. Er wollte sich nie anmaßen über andere Menschen zu urteilen. Jeder hat seine Gründe. So zu sein wie er ist.

Uwe hatte zurückgezogen gelebt. Er war jedoch kein Einzelgänger im üblichen Sinn. Und gewiss kein Menschenfeind. Er schätzte Freundschaften. Und überschaubare Gruppen. Massenaufläufen war er fern geblieben. Abgesehen von einigen Rockfestivals. Ein kleiner Jazzkeller war ihm lieber. Jazz war eine seiner Leidenschaften gewesen. Ruhige verträumte Kompositionen. Eine Dreierkombo. Im besten Fall. Schlagzeug. Bass. Ein Bläser. Uwe spielte leidlich Saxophon. Für eine Band hatte es nie gereicht. Und für einen Bühnenauftritt wäre er zu gehemmt gewesen. Eine andere Leidenschaft war das Reisen. In jungen Jahren per Autostopp. Oder mit Zug und Fähre. Ohne Eile anzukommen. Die Vorfreude war es wert gewesen. Er hatte geduldig die Stunden im Abteil gezählt. Die vorbeiziehende Landschaft betrachtet. Und kuschelte sich zufrieden in den Schlafsack. Wenn es Abend wurde. Insbesondere schätzte er Nachtfähren. Das Schaukeln auf Deck. Unter einem klaren Sternenhimmel liegend. Ohne die störenden Lichter der Städte. Nun war er geflogen. Aus Zeitgründen. Nachvollziehbar. In seiner Situation.

Am Horizont entdeckt Uwe ein Fischerboot. Er hatte einen Red Snapper gefangen. Damals. In Neuseeland. Einen einzigen Fisch in seinem bisherigen Leben. Ohne Angelschein. Und ohne Angel. Mit Blinker und Haken. Fertig aus. Und jetzt das Boot in der Ferne. Uwe wäre gerne an Bord. Noch ein Versuch. Beschließt Uwe. Noch einmal auf Fischfang gehen. Und dann. Fangfrisch am Strand gegrillter Fisch. Über dem offenen Feuer. An einem Stock aufgespießt. Ohne weitere Zutaten. Ein Festmahl. Wenn man genügsam ist. Das Boot bewegt sich kaum. Uwe stellt sich vor. Wie ein alter Mann weit draußen seine Hochseeangel bereithält. Ganz auf sich gestellt. Und auf einen besonderen Fang wartet. Auf den Fang seines Lebens. Einen Thun. Einen Hai. Im besten Fall einen Schwertfisch.

Als Uwe die Bar betritt sitzt Alan am gleichen Tisch. Und ist in ein abgegriffenes Taschenbuch vertieft. Ein dünnes Bändchen. Uwe kann das Cover nicht erkennen. Er setzt sich zu Alan. Und blickt ihn fragend an. Ach. Das Buch. Ein dutzendmal gelesen. Reagiert Alan auf Uwes Blick. Es gibt Geschichten. Die begleiten einen Menschen ein Leben lang. Steppenwolf. Bekräftigt Uwe. Sollte man dreimal lesen. In der Jugend. Im mittleren und im reifen Alter. Gewiss. Meinte Alan. Er hätte sich mit achtzehn daran gewagt. Pflichtlektüre. Ende der 60er Jahre. Ein Kult. Die Bibel der Hippies. Und dann. Gründete ein Deutscher eine Band gleichen Namens. Nannte sich John Kay. Die Musik hätte Alan begeistert. Der Roman weniger. Zu jung.

Erwiderte Uwe. Es sei ihm genau so ergangen. Ein Käse benötigt Zeit. Bis er schmeckt. Und mit einem Cognac sei das ähnlich. Vor wenigen Jahren sei die Zeit dann reif gewesen. Steppenwolf. Eine Offenbarung. Was er gerade lese. Uwe ist neugierig. Was nicht seinem Naturell entspricht. Eigentlich. Der alte Mann und das Meer. Ein Meisterwerk. Zwei Personen. Ein Fisch. Genial. Uwe erzählt von dem Fischerboot. Von seinen Gedanken. Als er es betrachtet hatte. Eine Parallelwelt. Das Leben ist voller Überraschungen. Und Zufälle. Wenn dies keine Bestimmung sei. Sie reden über das Angeln. Alan erzählt von seiner Jugend. Der Strand vor der Haustür. Er hätte Respekt gehabt. Und Ehrfurcht. Wenn ein Fisch an der Leine zappelte. Insbesondere während des Tötens. Ein religiöser Akt. Auf gewisse Weise. Ehrfurcht und Respekt. Worte. Die niemand mehr hören wollte. Die Welt hätte sich gewandelt. In vielerlei Hinsicht. Nicht nur zum Guten. Niemand würde einer alten Dame in den Mantel helfen. Heutzutage. Eine Nebensächlichkeit. Vielleicht. Und doch eine nette Geste. Eine Bereicherung. In Zeiten wie dieser. Alan schlägt vor. Eines Tages gemeinsam auf Fang zu gehen. Wo auch immer. Er würde nach einem Zwischenstopp in Jerusalem zurück nach Neuseeland fliegen. An Weihnachten im Manganui Hotel mit einem Mac's Gold anstoßen. Dem einzig vernünftigen Bier vor Ort. Ganz egal. Wer da sein sollte. Das Schönste am Reisen. Sei die Freude auf die Heimat. Er hätte viel von der Welt gesehen. Eine Bereicherung. Ohne Zweifel. Und wäre dafür dankbar. Das Alter. Er sei müde. Und gesättigt. Von den vielen Eindrücken. Ein beschaulicher Lebensabend ohne Spektakel. Dies wäre sein Wunsch. Angeln. Bier trinken. Gut essen. Einen

Bart wachsen lassen. Selbstgenügsam das Ganze ausklingen lassen. Dieses Leben. Mit dem er beschenkt worden sei. Uwe wäre jederzeit willkommen. Ein Gästezimmer sei vorhanden. Er fragt Uwe nach seinen weiteren Plänen. Und Uwe holt weit aus. Bis er zu dem entscheidenden Punkt seiner Diagnose kommt. Er sei offen. Was seine restliche Zeit betrifft. Die ihm noch bleiben würde. Er sei gut mit Medikamenten versorgt. Die Welt läge ihm zu Füßen. Die nächsten Wochen. Wenn er Glück hätte. Die nächsten Monate. Alan ist ein guter Zuhörer. Unterbricht selten. Stellt wenige Fragen. Und schlägt Uwe vor. Ihn nach Jerusalem zu begleiten. Er kenne dort einen indischen Arzt. Einen Moslem. Der mit den Palästinensern sympathisiert. Er sei ein Krebsspezialist. Eine internationale Größe auf seinem Fachgebiet. Und die Einladung nach Neuseeland. Weihnachten würde sich anbieten. Uwe solle darüber nachdenken. Eine Nacht darüber schlafen. Uwe denkt nach. Und wechselt das Thema. Welche Eindrücke Alan von Europa hätte. Dies würde ihn interessieren. Alan erwähnt das kulturelle Angebot. Die Vielfältigkeit. Die historische Kulisse. Ein bretonisches Fischlokal hätte es ihm angetan. Ein verschlafenes Hafenstädtchen. Natursteinhäuser von wildem Wein umrankt. Das Essen vorzüglich. Und ein Coffeeshop in Amsterdam. Psychedelisches Ambiente. Hätte ihn an seine Jugend erinnert. Gute Beratung. Angenehme Hintergrundmusik. Und dann. Ganz entspannt an einer Gracht sitzen. Im Straßencafé Gras rauchen. Problemlos. Von Zwängen befreit. Ein Konzert von Eric Clapton in London. Royal Albert Hall. Eines der Letzten. Möglicherweise. Und er sei bestürzt gewesen. Über die Verkehrsdichte. Wie sie zugenommen hatte. Seit er in Hamburg gelebt hat. Und der Lärm in den Städten. Die versiegelten Landschaften. Die überfüllten Strände. Kein Wunder. Es sind zu viele Menschen. Die geboren wurden. Weltweit. Die leben wollen. Auf Teufel komm raus. Alles hätte seinen Preis. Das Leben sei nicht auf Rosen gebettet. Und wenn. Dann voller Dornen. Alan verabschiedet sich von Uwe. Er solle sein Angebot nicht vergessen.

Der kommende Tag. Sonnig. Windstill. Ein Tag zum anbeten. Wenn man gläubig wäre. Ein Tag zum Feiern. Sie hatten sich zur Mittagszeit verabredet. Um eine Bootstour zu unternehmen. Auf eine vorgelagerte Insel. Das Wetter war dafür wie geschaffen. Es gäbe dort eine Lagune. Mit glasklarem Wasser. Das Meer ist bei der Überfahrt spiegelglatt. Ungewöhnlich für diese Jahreszeit. Wenig später erreichen sie eine Bucht. Das Wasser. Türkisfarben. Und es ist kalt. Nur kurz hinein. Sie sind nicht mehr die Jüngsten. Und Uwe ist krank. Ernsthaft krank. Zu viel Leichtsinn wäre Gift. Darüber ist er sich im Klaren. Und dankbar für jeden Tag. An dem er sich wohlfühlt. An dem er von Schmerzen verschont ist. Und froh. Dass er Alan kennengelernt hat. Er sei dabei. Er würde ihn nach Jerusalem begleiten. Und er sei jung gewesen. Sehr jung und unerfahren. Nachpubertär sozusagen. Als er das Damaskustor durchschritten habe. Damals. Als er an der Klagemauer stand. Vor dem Felsendom. Die Altstadt erkundend. Die historischen Basar Gassen. Wenn Rom die ewige Stadt wäre. Dann wäre Jerusalem zeitlos. Über die Ewigkeit erhaben. Verdichtete Menschheitsgeschichte. Nabel der Welt. Möglicherweise. Oder läge dieser in Indien. Am Ganges. Die heilige Stätte der Hindus. Ein Ort. Der nicht von dieser Welt scheint. Als sei er die Pforte zu einer anderen Dimension. Zu einer anderen Realität. Eine Realität. Die nicht vorstellbar sei. Ohne in sie einzutauchen. Ohne sich auf das Unbekannte einzulassen. Auf das Mysterium von Geburt. Leben. Und Tod. Der Tod sei allgegenwärtig. Stets vor Augen. Täglich. Stündlich. Rund um die Uhr. Es gäbe keinen weiteren Platz auf dieser Welt der inspirierender wäre. Als die Ghats am Fluss. In Varanasi. Das Knacken des Holzes. Wenn die Leichen verbrennen. Es duftet nach edlen Hölzern. Insofern das Geld dafür reicht. Auf den Stufen sitzen Saddhus. Mit Kreide bemalt. Haschisch rauchend. Bärte. Die an den Boden reichen. Teelichter in Papierschiffchen. Die in der Abenddämmerung den Fluss entlang treiben. Der Tag wird würdig verabschiedet. Wird zelebriert. Danach. Ein Linsencurry. In einer einfachen Bude. Welch Geschmacksintensität. Für ein Trinkgeld zu haben. Alan dreht sich zu Uwe herüber. Er würde ihn gerne zum Essen einladen. Zum Tagesausklang. Zu einem Gourmetessen in der Spitzengastronomie. Und er kenne Varanasi. Er kenne beide Seiten des Lebens. Askese und Extase. Verzicht und Genuss. Er kenne das Fasten. Die Opulenz. Er sei vom Leben verwöhnt worden. Warum auch immer. Und er hätte seine Träume gelebt. Dies könne nicht jeder Mensch von sich behaupten. Eine Laune des Schicksals. Gnade. Glückliche Umstände. Er wisse es nicht. Und was er sich vom Leben noch erhoffe. Ein gutes Gespräch. Ein bereicherndes Buch. Ein abendliches Glas Wein. Und etwas Sonne.

Uwes Gedanken wandern von Jerusalem nach Varanasi. Und von Varanasi zu Alan. Ob er denn keine Zärtlichkeit vermisse. Eine Frau an seiner Seite. Und Alan berichtet von seiner großen Liebe. Er sei verheiratet gewesen. Und glücklich. Dann. Ein Taucherunfall. Im indischen Ozean. Sei lange her. Vergangenheit. Jill hätte das Risiko nie gescheut. Sie war süchtig gewesen. Nach Lebensintensität. Was solle er sich beklagen. Er hatte geliebt. Ob er es nie wieder versucht hätte. Fragt Uwe. Es gäbe Empfindungen im Leben. Die nicht wiederholbar seien. Antwortet Alan. Wie er es denn mit der Liebe halten würde. Es hätte mit einer harmlosen Infektion begonnen. Eine einfache Erkältung. Anja litt an Herzschwäche. Der Virus hatte den Herzmuskel angegriffen. Es sei dann alles sehr schnell gegangen. Und er wäre nie darüber hinweg gekommen. Was die Offenheit für eine andere Frau beträfe. Sie schweigen.

Der Nachmittag verstreicht. Ohne dass weitere Worte gewechselt werden. Uwe und Alan sind mit sich beschäftigt. Mit ihrer Vergangenheit. Mit ihren Erinnerungen. Mit ihrem Verlust. Mit ihrem Schmerz. Die Sonne steht tief. Als sie mit dem letzten Boot zurückfahren. Die Dämmerung ist kurz. Die Tage ebenso. Dezember eben. Der Abend endet im exklusivsten Restaurant vor Ort. Alan kann es sich erlauben.

Der Aperitif wird serviert. Zwei einsame Herzen. Vor ihnen. Eine Flasche Champagner. In Erwartung auf den Hummer. Auf die mit Krebsfleisch gefüllten Jakobsmuscheln. Auf den getrüffelten Spinat. Sie trinken auf die Freundschaft. Auf das Nicht-Alleine-Sein. Ob er jene Einsamkeit kenne. Fragt Uwe. Die einer endlosen Nacht gleicht. An die Grenzen des Erträglichen stoßend. Kurz bevor man den Verstand verlieren würde. Hilflos ausharrend Stoßgebete zum Himmel schicke. Auch wenn man nicht gläubig sei. Es gäbe Situationen im Leben. Erwidert

Alan. In denen jeder Atheist mit Gott ins Gespräch käme. Wenn alles andere weggebrochen sei. An das man sich klammern könne. Wenn nichts mehr bliebe. Dann die Hoffnung auf einen liebenden Gott. Auf einen allmächtigen Gott. Der es gut meinen würde. Auf eine Erlösung. Als wären wir hilflose Kinder. Die nach der Mutterbrust schreien. Die jammern und betteln. Wenn die eigene Kraft nicht mehr ausreicht. Wir sollten ehrlich zu uns selbst sein. Sollten uns nicht größer machen. Als wir es in Wirklichkeit sind. Wir sollten uns nicht dermaßen wichtig nehmen. Wir wurden als unbeschriebenes Blatt geboren. Und als beschriebenes Buch werden wir sterben. Als einer von zahllosen Menschen. Die die Erde übervölkern. Das ist alles. Nichts weiter. Machen wir kein Drama aus unserem Leben. Wir entscheiden selbst. Ob wir in einer Tragödie oder in einer Komödie mitspielen wollen. Bis zu einem gewissen Grad.

Uwe ist von Alan's Worten nicht überzeugt. Was mit den ungleichen Lebensbedingungen sei. Der Unterdrückung. Dem Elend. Dem Hunger. Alan würde es sich zu leicht machen. Esoterik und Philosophie in einen Topf werfen. Er solle sich die Welt doch anschauen. Unvoreingenommen. Mit realistischem Blick. Und sie nicht schönreden. Fressen und gefressen werden. Sich fortpflanzen. Um jeden Preis. Und immer so weiter. Sinnlos. Brutal. Absurd. Manchmal denke er. Dass der Krebs zur rechten Zeit gekommen sei. Nichts wie weg. Endlich aus dem Staub machen. Er hätte hier nichts mehr verloren. Auf diesem Planeten. Der in wenigen Jahren nicht mehr wiederzuerkennen sei.

Das Essen wird gereicht. Die gefüllten Muscheln als Vorspeise. In geschäumter Weißweinbutter. Das Brot dazu. Aus eigener Herstellung. Duftend und locker gebacken. Mit einem Hauch von Anis. Ein idealer Soßenbegleiter. Und wenig später. Der Spinat. Bissfest. Der Trüffel sparsam verwendet. Der Küchenchef versteht sein Handwerk. Souverän. Und der gegrillte Hummer. Schlicht und direkt. Sein festes Fleisch. Geschmackvoll. Ganz ohne Gewürze zubereitet. Weniger ist mehr. Sie essen in Ruhe. Mit zunehmendem Alter ist Uwe ein Gewohnheitsmensch geworden. Ein Mann mit geregelten Abläufen. Mit Ritualen und Vorlieben. Tag für Tag. Dies gibt ihm Sicherheit. In einem unsicheren Leben. Eine Orientierung. Um sein Leben zu strukturieren. Und zu meistern. In seiner Lebenssituation. Die ihn herausfordert. Immer wieder aufs Neue. Und doch. Er ist offener geworden. Für das was kommen mag. Und spontaner. Trotz seiner Gewohnheiten. Die ihm den nötigen Halt geben. Etwas Grundlegendes muss im Leben eintreten. Denkt Uwe. Damit ein Mensch seinen Trott ändert. Bequemlichkeit macht noch bequemer. Immer weiter so. Es hat sich wenig geändert. In den menschlichen Verhaltensmustern. Seit Beginn der 60er Jahre. Auch wenn die Welt sich währenddessen verändert hat. Drastisch. Radikal. Die Menschen haben sich dem Zeitgeist angepasst. Die Meisten. Keine besondere Leistung. Sie haben sich keinen Schritt nach vorne bewegt. Bewegung ist anstrengend. Mühsam. Wenn man es bevorzugt. Gefahrenlos mit dem Strom mit zutreiben. Individualität. Selbstdarstellungszwang. Wie lächerlich. Es gibt Dinge im Leben. Die sind wichtig. Und es gibt Dinge. Bei denen so getan wird als ob. Als wenn sie von Bedeutung wären. Es macht Sinn.

Diese unterscheiden zu können. Der Zeitgeist ist nicht zu unterschätzen. Er gibt vor. Wie Menschen sich verhalten sollen. Welche Mode gerade angesagt ist. Welche Ausstellungen man besuchen muss. Welche Konzerte. Und wer es sich leisten kann. Ein Gemälde. Das eigentlich den Rahmen sprengt. Der finanziell erträglich ist. Dann hängt das Bild an der Wand. In exponierter Lage. Im Wohnzimmer. Die geplante Urlaubsreise ist bereits gestrichen. Es gibt ein öffentliches Schwimmbad vor Ort. Wenn denn mal die Sonne herauskommen würde. Wäre dies auch in Ordnung. In jenen Sommern. Die diesen Namen nicht verdienen. Und der regelmäßige Besuch beim Italiener. Fällt ebenfalls flach. Der Pizzaservice um die Ecke. Ist keine akzeptable Alternative. Eigentlich. In der Not frisst der Teufel Fliegen. Eine Not. Die selbst verursacht ist. Also. Selbst daran schuld. Bloß nicht mit dem Finger auf wen auch immer zeigen. Und wenn sie dann geliefert wird. Die Pizza. Dann lauwarm. Mit einer Konsistenz von Pappe. Und dieses Gemälde hängt an der Wand. Das nach wenigen Tagen keines Blickes gewürdigt wird. Der Porsche läuft auf Leasingraten. Die Kredite sind derzeit geschenkt. Und der Wagen ist frisch poliert. Er fristet sein Dasein in der Garage. Kratzer möchte man vermeiden. Wenn ein Autonomer vorbei käme. Und seiner Wut freien Lauf lassen würde.

Autonome sind das Feindbild der gehobenen Mittelschicht schlechthin. Arbeitsscheu. Destruktiv. Unverhältnismäßig kritisch. Junge Menschen. Die glauben. Sie wären besser als jene Spießer. Die sie verachten. Sie wollen Zeichen setzen. Aufmerksamkeit erzeugen. Ihr Ding durchziehen. Und der Gesellschaft einen Wink geben. In der es sich der gehobene Mittelstand gemütlich eingerichtet hat. Dass etwas gewaltig schief läuft. Keiner weiß wovon sie leben. Irgendwie schlagen sie sich durch. Und versuchen zumindest irgendetwas zu bewegen. Dafür haben sie gute Gründe. Man denke an den Beginn der 60er Jahre. Große Veränderungen haben seither stattgefunden. Auch zum Positiven hin. Und dann. Lief alles aus dem Ruder. Man betrachte die derzeitige Weltlage. Was hätte alles bewirkt werden können. Wenn der Mensch nicht dermaßen selbstherrlich wäre. Wenn er sich selbst betrachten könne. Als das. Was er ist. Und nicht als das. Was er gerne wäre.

Das Geschirr ist abgeräumt. Der Champagner getrunken. Eine Flasche Rotwein wird geöffnet. Und Käse bereitgestellt. Aus der Region. Nicht im Laden erhältlich. Direkt vom Erzeuger. Der Brandy ist ebenfalls nicht weit gereist. Die Insel ist klein. Und überschaubar. Die Reben wachsen vor Ort. Alan präsentiert eine Zigarre. Die könnten sie sich teilen. Bietet er Uwe an. Wäre von seiner letzten Kubareise. Für besondere Anlässe. Wie man so sagt. Für einen Abend wie diesen. Ob er denn hin und wieder rauchen würde. Wendet er sich Uwe zu. Uwe winkt ab. Er würde Nikotin nicht vertragen. Etwas Cannabis. Dies würde ihm guttun. In homöopathischen Mengen. Ob er sich ein Leben als Asket vorstellen könne. Fragt Alan. Und zündet die Zigarre an. Auf Sinnesgenüsse bewusst verzichten. Ob er denn ein Laster hätte. Uwe nippt am Rotwein. Er würde zu viel Alkohol trinken. Und gönnt sich einen weiteren Schluck. Alan lenkt ein. Es sei schon immer Alkohol getrunken worden. Das Vergären von Früchten. Von Getreide. Von Milch. Und dies seit tausenden von Jahren. Nomaden waren sesshaft geworden. Bauten Getreide an. Die Geburtsstunde der Zivilisation. Behaupten manche Historiker. Christliche Mönche im Mittelalter hätten sich von Bier ernährt. Überwiegend. Der Mensch hätte ein Recht auf Rausch. Er hätte sich diesen verdient. Das Leben sei hart genug. Und Alan schlägt vor. Am kommenden Tag eine Pilgerwanderung zu unternehmen.

Pilgerwanderungen erfreuen sich großer Beliebtheit. Seit einigen Jahren. Der Camino de Campostella ist das beste Beispiel. Wie der Massentourismus den Planeten vereinnahmt. Jede Nische. Jeden Winkel. Und sei er noch so schwer erreichbar. Es beginnt als Geheimtipp. Dann kommen die Individualisten. Ständig unterwegs. Als hätten sie keine Heimat. Dafür umso mehr Zeit. Und dann die Rucksackreisenden. Mit begrenztem Jahresurlaub. Sie kommen von überall her. Sind meistens jung. Und dynamisch. Und abenteuerlustig. Noch hält sich alles in Grenzen. In einem überschaubaren Rahmen. Und dann. Wird auch diese Grenze überschritten. Horden von Menschen tauchen auf. Wie Heuschreckenschwärme im alten Ägypten fallen sie über die Erde her. Es gibt kein Erbarmen. Und es ist nicht verboten. Noch nicht. Noch herrscht Reisefreiheit. In den meisten Ländern der Welt. Und dann. Kommen die Chinesen. Eine Milliarde Menschen. Und mehr. Sie haben Nachholbedarf. Einen unersättlichen Hunger. Niemand kann es ihnen verübeln. Die Erde ist ein globaler Ort geworden. Innerhalb eines Tages. Fliegt man an das Ende der Welt. Und dieses Ende wird nicht mehr lange aufzuhalten sein. Da ist Pilgern das kleinere Übel. Ökologisch vertretbar. Pilger sind vernünftige Leute. In der Regel. Zu Fuß unterwegs. Bevor die Massen auftauchen. Alle sollten pilgern. Demütig. Schritt für Schritt. Und schweigsam. Geredet wird schon lange zu viel. Um den heißen Brei herum. Leere Worthülsen. Nichts sagend. Inhaltslos. Unnötig. Dummes Geschwätz benötigt kein Mensch. Uwe denkt an den Camino de Francesco. In Italien. Er wäre ihn gerne gelaufen. Francesco von Assisi. Ein Freund der Tiere. Ein Freund der Natur. Ein Freund der Erde. Er hätte Greenpeace gegründet. Wenn er in einer späteren Epoche gelebt hätte.

Uwe möchte mehr über Greenpeace erfahren. Als es damals losging. Von der Aufbruchsstimmung. Sie sind vor Kurzem gestartet. Zur Pilgerwanderung. An einem wolkigen Tag. Alan erinnert sich gerne an jene Tage. In den 70er Jahren. An den Idealismus. An die Gemeinschaft. Eigene Ansprüche wären zurückgestellt worden. Es sei um das große Ganze gegangen. Flower Power. Ohne all den Drogenkram. Ein wenig Gras. Hie und da ein Bier. Alles im grünen Bereich. Dann sei es hart auf hart gekommen. Manche Aktionen wären sehr riskant gewesen. Die Spreu hätte sich vom Weizen getrennt. Einige seien geblieben. Der harte Kern. Und im Laufe der Jahre wurden es immer mehr. Die sich engagierten. Ein weltweites Netz sei entstanden. Greenpeace hatte sich etabliert. Wäre anerkannt worden. In der Mitte der Gesellschaft. In der breiten Öffentlichkeit. Weichen für die Zukunft seien gestellt worden. Möglicherweise zu spät. Die Erde hätte bereits genug gelitten. Schon damals. Und würde heute umso mehr leiden. Er könne diese Entwicklung nicht aufhalten. Die den Raubbau weiter vorantriebe. Er sei auch nur ein Mensch unter Vielen. Und er werde alt. Werde zunehmend müde. Die jungen Enthusiasten seien jetzt gefragt. Er hätte seinen Teil dazu beigetragen. Und würde sich gerne zur

Ruhe setzen. Er könne sich mit gutem Gewissen zurücklehnen. Und beobachten. Was die Nachzügler bewirken
würden. Ein Wettlauf gegen die Zeit. Da sei Alan sich
sicher. Alle Indizien sprächen dafür.

Der Weg verläuft auf einer Straße. Die Anzahl der vor-
beifahrenden Autos ist überschaubar. Und werden zunehmend weniger. Als die Straße auf eine Landzunge abbiegt.
Die Landschaft wird grüner. Auf dieser kargen Insel.
Eukalyptus. Wilde Olive. Lorbeer. Einzelne Pinien. Unty-
pisch. Inmitten der felsigen Umgebung. Das Grün ver-
mischt sich mit dem Grau des Himmels. Mit dem Ocker
der Felsen. Und dem farblosen Meer. In der Tat. Es hat
keine Farbe. Es ist einfach da. Ein Niemandsland. Endlose
Weite. Einsame Schiffe. Sich kräuselnde Wellen. Die
Brandung kommt und geht. Wie seit ewigen Zeiten. Zeiten.
In denen die ersten Organismen im Meer auftauchten.
Natur im Urzustand. Die das Leben in der Tiefsee gebar.
Und das Leben entwickelte sich weiter. Ganz langsam. Zeit
hatte einen anderen Stellenwert gehabt. Damals. Jahrmilli-
onen verstrichen. Die Zeit begann sich zu beschleunigen.
Immer schneller. Eines Tages fing sie zu rasen an. Als wäre
sie vor sich selbst auf der Flucht. Und heute. Tickt die Zeit
in anderen Takten. Der Mensch muss damit klar kommen.
Sie zerrinnt ihm zwischen den Fingern. Seine Lebenszeit.
Ein Wimpernschlag. Ihm ergeht es nicht besser. Als einer
Eintagsfliege. Beide leben in ihrer eigenen Realität. In ihrer
eigenen Zeitwahrnehmung.

Uwe läuft die Zeit ebenfalls davon. Ihm ergeht es nicht
anders als anderen Menschen. Mit dem Unterschied. Dass
er sich dessen bewusst ist. Aus gegeben Gründen. Tag für
Tag. Der Weg führt bergauf. Die Straße verläuft geradeaus.

Kein Ziel in Sichtweite. Alan ist schweigsam. Auch Uwe hat keinen Redebedarf. Gemeinsames Schweigen. Kann Balsam für die Seele sein. Man ist nicht allein. Und doch frei von Zwängen. Man kann den eigenen Gedanken ihren Lauf lassen. Es gibt nichts zu rechtfertigen. Zur Linken biegt ein steiler Pfad ab. Der zu einer Bucht führt. Sie haben ein anderes Ziel. Der Himmel erweckt den Eindruck. Als könne es bald regnen. Und wenn schon. Dann würden sie eben nass werden. Einige Hügel weiter erreichen sie die Klippe. Eine Kapelle steht in leerer Landschaft. Nicht weit entfernt. Blickt eine Madonnenstatue auf das farblose Meer. Gleich daneben. Eine Gedenktafel. In den steinigen Boden eingelassen. Ein Kind sei vor einigen Jahren über den Abgrund gestürzt. Ein kurzes Leben. Eine Tragödie. Möge es in Frieden ruhen. Uwe und Alan setzen sich an den Klippenrand. Und betrachten die Gischt. Die weit unten an die Felsen brandet.

Warum der Marienkult eine dermaßen große Rolle spielen würde. Auf dieser Insel. Fragt Uwe. Im gesamten christlichen Mittelmeerraum. Alan hebt einen Stein auf. In Gedanken versunken. Und wirft ihn über den Rand. Wenn er noch leben würde. Dann hätte er Sigmund Freud um Rat gebeten. Es sei ihm schleierhaft. Ein Mutterkomplex. Möglicherweise. Oder es läge daran. Dass Maria uns näher sei. Menschlicher als Jesus. Der ins Göttliche erhoben worden war. Wahrer Mensch und wahrer Gott. Dies könne niemand begreifen. Diese Vorstellung sei nicht zu verkraften. Maria hätte Wunder bewirkt. Unfassbare Heilungen ermöglicht. In Lourdes. In Fatima. Menschen benötigten Bilder. Etwas Anschauliches. Das sie nachvollziehen könnten. Das zu ihrem Umfeld passt. Die Schwarze Madonna. In Südamerika. Von der dunkelhäutigen Bevölkerung verehrt. Menschen bräuchten diese Bilder. Ansonsten wären sie hilflos. Unser Dasein sei etwas Geheimnisvolles. Und Geheimnisse wollen entschlüsselt werden. So würde der Mensch denken. Er sei neugierig. Möchte verstehen. Menschen möchten alles verstehen. Auch wenn es nichts zu verstehen gäbe. Uwe denkt an Jerusalem. Und fragt. Ob an diesem historischen Ort das Geheimnis Christi etwas greifbarer werden würde. Alan hätte da wenig Hoffnung. Dies wäre für ihn auch nicht das Entscheidende. Er akzeptiere. Dass Manches im Dunkel bleiben würde. Ein Leben lang. Er könne sich jedoch vorstellen. Dass in seiner Todesstunde ein Lichtstrahl in dieses Mysterium hineinscheinen könne. Ob er Angst vor dem Tod hätte. Ist Uwe interessiert. Er hätte Angst vor dem Sterben. Dem Loslassen. Er nehme an. Wie jeder Mensch. Der letzte Schritt. Müsse ganz allein gegangen werden. Von allen verlassen. Epikur wäre der Meinung gewesen. Dass Todesangst sinnlos sei. Solange wir leben sei der Tod uns fern. Und wenn er käme. Dann würden wir nicht mehr leben. Er stelle sich den Tod als eine Befreiung vor. Eine Befreiung von Schmerzen. Eine Befreiung von Ängsten. Von anderen Widrigkeiten der Existenz. Nie wieder funktionieren müssen. Nie wieder eine Steuererklärung einreichen. Nie wieder eine Prüfung absolvieren. Um im Leben voranzukommen. Und wir müssten diese idiotische Menschheit nicht mehr ertragen. Eine todbringende Menschheit. Die sich stets bekriegt hatte. Uwe solle sich die ferne Vergangenheit vorstellen. Auf dieser Insel. Eine Station für Kreuzritter möglicherweise. Auf dem Weg nach Jerusalem. Um die heilige Stadt zu befreien. Von den Andersgläubigen. Und beide Seiten waren überzeugt gewesen. Sie hätten einen himmlischen Auftrag. Im Namen des Glaubens. Im Namen ihrer Religion. Im Namen Christi. Im Namen Allahs. Welch ein Irrsinn. Im Zeichen des Satans. Im Zeichen menschlicher Begierde. Wann sie denn aufbrechen würde. Fragt Uwe nach einem Moment der Stille. Alan wendet sich ihm zu. Bald. Die Tickets seien bereits gebucht.

ZWEI

Horst denkt nach. In letzter Zeit des Öfteren. Seit er Uwe begegnete. Auch wenn es nur ein flüchtiges Kennenlernen gewesen war. Sein Leben hat sich seither verändert. Irgendwie. Sein Blickwinkel ist nun ein Anderer. Er kann ihn nicht benennen. Diesen Unterschied. Uwe hat den Tod vor Augen. Dies war Horst bewusst geworden. Dieser treue Begleiter. Für den Rest des Lebens. Uwe hat sich entschieden auf Reisen zu gehen. Das vermeintlich Beste aus dem zu machen. Was vom Leben übrig bleibt. Lebendig sein. Gefühlt hat Horst noch jede Menge Leben vor sich. Gut zwanzig Jahre. Statistisch gesehen. Klingt viel. In den Ohren junger Menschen. Endlos. Mit Kinderaugen betrachtet. Dass Zeit im reifen Alter eine ganz andere sein wird. Können sich Kinder nicht vorstellen. Ihre Tage dehnen und dehnen sich. An guten Tagen kann dies Spaß machen. Diese Kindheit. Und an Schlechten. Eine einzige Quälerei. An Tagen mit Schmerzen. Wenn die Zähne wachsen. An Tagen mit Fieber. Wenn die Masern ins Bett zwingen. Dann kann so ein Kindertag zu einer Schinderei werden. Horsts Kindheit war eine Gewöhnliche gewesen. Mit dem. Was in der Regel dazu gehört. Und die Pubertät. Naja. Pubertät eben. Im Grunde überfordernd. Für alle. Denkt Horst. Das Bekannte wird auf den Kopf gestellt. Hormone fluten den Körper. Der ein Anderer wird. Gedanken überschlagen sich. Die Libido macht einen ganz kirre. Unbeholfene erste Versuche. Die eigene Hand. Der beste Freund. Stets zur Stelle. Wenn er gebraucht wird. Es gibt Jugendliche. Die wollen die Welt verändern. Und es gibt Jugendliche. Die wollen nur das Eine. Unentwegt. Mit. Oder wenn nicht vorhanden. Auch ohne Partner. Das erste Bier. Der erste Joint. Verschärft das Ganze. Ein Perspektivwechsel. Wie es sich so anfühlt einen Rausch zu haben. Auf Droge zu sein. Nun sei man erwachsen. Reden sich manche ein. Spätestens nach dem Erwerb des Führerscheins. Nach der bestandenen Abiturprüfung. Nach der ersten Teilnahme an einer Wahl. Jetzt sei man politisch. Man würde das Rüstzeug für die Erwachsenenwelt in den Händen halten. Und mit den jugendlichen Kräften. Dem unverbrauchten Körper. Mit all den Ideen. Die einem im Kopf schwirren. Wäre man unschlagbar. Für den Rest seines Lebens. Willkommen in der Gesellschaft. Als mündiger Bürger. Doch solle man sich auf Überraschungen gefasst machen. Da nicht alles so laufen würde. Wie man sich es vorstelle. Wie man es sich wünsche.

Horsts Wünsche waren überschaubar gewesen. Damals. In seiner Jugend. Und heute. In Ruhe gelassen zu werden. Von all den Mitmenschen. Die nervig sind. Empfindet Horst. Die an einem herumzerren. Die einen beeinflussen möchten. Horst ist nicht besonders glücklich. Über seine Existenz. Er war es nie gewesen. Und dann hatte er Uwe getroffen. Der einfach leben wollte. Der am Dasein interessiert war. Dies hat Horst wachgerüttelt. In seinem Dämmerzustand. Er würde etwas ändern. Irgendwann. Wenn er einen Plan hätte.

DREI

Das Flugzeug setzt zur Landung an. Ein kurzer Zwischen-stopp. Dann geht es weiter nach Tel Aviv. Uwe blickt aus dem Fenster. Der Smog über der Metropole. Gelblich gefärbt. Ein hässlicher Ort. Denkt Uwe. Und an seinen ersten Aufenthalt in jener Stadt. Damals. Als er mit dem Zug angereist war. Die goldenen 70er Jahre hatten sich gerade verabschiedet. Ein glamouröses Jahrzehnt. Farbge-sättigt. Intensiv. Moral und Werte wurden neu interpre-tiert. Aufbruchsstimmung einer jungen Epoche.

Die Stadt. Schachbrettartige Straßenschluchten. Eintöni-ge Gebäude. Betonierte Bausünden. Miserable Luft. Kaum zu glauben. Dass sich hier die Wiege des Abendlandes befunden haben soll. Der Ursprung europäischer Kultur. Die Akropolis ist beim Anflug zu erkennen. Dann setzt die Maschine auf. Passagiere verlassen das Flugzeug. Andere kommen hinzu.

Das antike Athen. Uwe denkt an Sokrates. Den er be-wundert. Wie dieser auf dem Marktplatz von wissbegieri-gen Menschen umringt wird. Die auf Antworten hoffen. Auf die Weisheit in Rezeptform. Und Sokrates. Stellt lediglich Fragen. Fragen die provozieren. Und zum Nach-denken anregen sollen. Die Menschen fühlen sich vor den Kopf gestoßen. Bezweifeln. Dass Sokrates ein Philosoph sei. Der diese Bezeichnung verdienen würde. Und manche halten ihn für gefährlich. Er würde die Jugend aufwiegeln.

Unruhe stiften. Und gehöre eingesperrt. Von den Plätzen entfernt. Auf denen sich sein Leben abgespielt hat. Sein Ende war tragisch. Und es war lehrreich. Er hatte sich seinem Tod gestellt. Mit aller Konsequenz. Auch wenn er diesen hätte umgehen können. Insofern man Platon Glauben schenken darf. Sein Musterschüler. Sein Biograph. Von dem das Höhlengleichnis stammt. Die Philosophie hatte ihre Blütezeit. Heraklit. Sein Credo. Alles fließt. Diogenes. Der Kyniker. Ein Asket. Hauste in einem Weinfass. Er solle ihm aus der Sonne gehen. Antwortete er einem Adeligen. Als dieser ihm einen Wunsch erfüllen wollte. Uwe hat die europäische Geistesgeschichte vor Augen. Cicero. Thomas von Aquin. Descartes. Kant. Und Schopenhauer. Nicht gerade erbaulich. Seine pessimistische Weltsicht. Ein resoluter Denker. Der einem die gute Laune verdirbt. Kein Mann des positiven Denkens. Wir könnten tun was wir wollen. Doch könnten wir nicht wollen was wir wollen. Eine prägnante Aussage. Alles Weitere erübrigt sich. Mit dieser Ernüchterung könne man ein zufriedenes Leben führen. Denkt Uwe. Die Einsicht unfrei zu sein. Ein neuer Blickwinkel. Eine Unabhängigkeit von dem Wunsch frei zu sein. Von dem Zwang frei sein zu müssen. Wir könnten uns gemütlich zurücklehnen. Das Leben genießen. Die wahre Philosophie. Sich seine eigene Schwäche einzugestehen. Um daraus Kraft zu schöpfen. Ein bemerkenswerter Gedanke. Ist Uwe von seiner eigenen Idee wie berauscht. Die Philosophie wäre seine Zukunft. Wenn er denn eine hätte. Er würde Gedanken um Gedanken spinnen. Und in die Geschichte eingehen. Er müsste keinen Roman schreiben. Um die Menschheit zu bereichern. Er würde den Menschen einen Werkzeugkasten in die Hand geben. Damit sie ihr Leben zu meistern lernen. Als er mit Alan an der Klippe gesessen hatte. Bat er die Madonna um ein Wunder. Er wäre nicht der Erste. Der den Krebs im kritischen Zustand besiegen würde.

Oh Lord. Would you buy me a Mercedes Benz.

Ein seltsames Anliegen. Janis Joplin schwamm bereits im Geld. Wenig später benötigte sie nichts weiter als einen Sarg. Was Uwe benötigt ist Zeit. Das Flugzeug hebt ab. In Kürze werden sie in Tel Aviv landen. Uwe erinnert sich an die Worte des Piloten. Damals. An einem Dezemberabend. Als der Flugkapitän die Außentemperatur durchgab. Und er dessen Worte nicht glauben konnte.

Jerusalem. Ein heiliger Ort. Eine Stadt. Die in ihrer langen Geschichte immer wieder das Unheilige angezogen hat. Schmelztiegel dreier Religionen. Die der Überzeugung sind. Die Wahrheit für sich gepachtet zu haben. Wenn es denn die eine Wahrheit in dreifacher Ausführung gäbe. Eroberung. Zerstörung. Wiederaufbau. Und das Ganze von Neuem. Die Babylonier. Die Römer. Die Mohammedaner. Und die Kreuzzüge. Ein Ort. Der nie zur Ruhe gekommen ist. In dem die Menschheitsgeschichte umgeschrieben worden war. Als eine neue Zeitrechnung begonnen hatte. Vor zweitausend Jahren. In ein Davor und Danach zerteilt. Als Jesus auszog. Um die Menschheit zu retten. Um sie von ihrer Selbstbezogenheit zu erlösen. Und dies mit seinem Leben bezahlte. Ohne Jerusalem gäbe es kein Europa im bekannten Sinne. Geschweige denn eine europäische Union. Die unter anderem auch auf christlichen Wurzeln fußt. Und ohne Europa wäre der Orient nicht durch wahllose Grenzen zerrissen. Völker entzweiend. Familien trennend. Jerusalem. Die Hauptstadt eines imaginären Staates. Über dessen Daseinsberechtigung gestritten wird. Ein Pulverfass. Kurz vor der Explosion. Ein ruheloser Ort. Der nie zur Ruhe finden wird. So lange es Menschen gibt. Die Besitzansprüche stellen. Die davon überzeugt sind. Dass sie im Recht wären. Jesus hatte eine andere Botschaft verkündet. Die kaum einer hören wollte. Die Menschen waren nicht reif. Für diese unerhörten Worte. Und sie sind es bis heute nicht. In dieser außergewöhnlichen Stadt. Und anderswo.

Alan hat ein Taxi geordert. Nachdem sie gelandet sind. Die Arztpraxis befände sich in einem Randbezirk. Instruierte er den Fahrer. Ob er in der Nähe ein passables Hotel kenne. Das Hotel ist schlicht und sauber. Inmitten einer Vorortsiedlung. Die eine Siedlung wo auch immer sein könnte. Die Altstadt. Welten entfernt. Die Altstadt. Jüdisch ohne Frage. David. Salomon. Der Tempel. Die Bundeslade. Bevor sie verschwand. Als die Babylonier einmarschierten. Die Mohammedaner hatten ihr Mekka. Und die Kaaba. Die Christen hatten die Gralsburg und Rom. Trotz alledem. Jerusalem wurde in den Himmel gehoben. Die überirdische Stadt. Alte Gemäuer in felsiger Landschaft. Im Winter kalt. Der Gebirgslage geschuldet. Im Sommer heiß und trocken. An der Küste wäre es angenehmer. Moderater. Die Menschen sind seit je ein seltsames Geschlecht. Von Extremen angezogen. Stets unzufrieden. Mit dem. Was sie bereits haben. Sie wollen immer mehr. Über die Maßen. Lehnen sich zu sehr aus dem Fenster. Was ihnen nie gut getan hat. Und sie haben nichts dazu gelernt. Bis heute nicht. Trotz aller wissenschaftlichen Erkenntnisse. Das Wesen des Menschen. Unzufriedenheit. Ein Armutszeugnis. Sie hatten alles. Was sie benötigen. Damals. In einer Epoche. Als die Weltbevölkerung noch überschaubar war.

Sie hätten fünf Tage zur Verfügung. Erklärt Alan. Genügend Zeit für eine intensive Therapie. Bei dem indischen Arzt. Von dem er sich einiges versprechen würde. Uwe glaubte nicht an Wunder. Nicht wirklich. Ein Versuch wäre es wert. Beschließt Uwe. Die Hoffnung stirbt zuletzt. Er hätte nichts zu verlieren. Die nächsten Tage werden folgendermaßen verlaufen. Zwei Stunden Infusion am Vormittag. Cannabidiolöl in Reinform. Das mit einer Lösung versetzt wird. Die es ermöglicht. Öl intravenös zu verabreichen. Etwas Bewegung am Mittag. Ein Schläfchen. Drei weitere Stunden Infusion. Und dann eine Fahrt in die Altstadt. Mit dem Taxi. Sie werden ein Café aufsuchen. Süßen Tee trinken. Vielleicht eine Shisha rauchen. Später eine Kleinigkeit essen. Die Auswahl an Leckereien ist appetitanregend. Die Luft von Aromen erfüllt. Abends hat es deutlich abgekühlt. Eine Jacke wäre angebracht. Sie entscheiden sich für einen Lammspieß mit Aubergine und Paprika. In einer Sesamkruste gegrillt. Frisches Brot wird gereicht. Menschenschlangen drängeln am Café-Tisch entlang. Als wären alle in der Stadt auf den Beinen. Unterwegs. Um am Leben im Basar teilzunehmen. Touristen sieht man kaum. Sie werden in wenigen Tagen die Stadt überrennen. Betlehem ist nicht weit entfernt. Und Jerusalem ist mehr als einen Abstecher wert. Unvorstellbar. Was sich damals ereignet hat. Vor etwa zweitausend Jahren. Inmitten einer Welt. Die mit der Heutigen nicht zu vergleichen ist. Die Welt ändert sich ständig. Einem Organismus ähnlich. Eine Metamorphose. Antike. Mittelalter. Renaissance. Neuzeit. Moderne. Postmoderne. Buchdruck.

Dampfmaschine. Elektrizität. Film. Funk. Fotographie. Automobilität. Computer. Internet. Künstliche Intelligenz. Die Zukunft. Offen. Die Vergangenheit. Abgeschlossen. Die Gegenwart. Nicht zu begreifen. Da sie in der Zukunft verschwindet. In der Ungewissheit.

Ein Palästinenser nähert sich dem Tisch. Hebt zur Begrüßung die Arme. Alan erhebt sich. Ein Wangenkuss. Eine Umarmung. Als wären sie alte Freunde. Alan stellt den Mann als Hassan vor. Uwe reicht ihm die Hand. Auf dessen Einladung begleiten sie Hassan in seine Wohnung. Er hätte einen edlen Wein vorrätig. Offiziell sei er Moslem. Inoffiziell ein freier Weltenbürger. Die Wohnung ist winzig. Groß genug für eine Einzelperson. Sie setzen sich auf einen Teppich. Kunstvoll geknüpft. Persien. Isfahan. Alan kenne sich aus. Der Wein wird eingeschenkt. Hassan stopft eine Tonpfeife. Das Haschisch stamme aus dem Süden. Nahe Eilat. Hier würde jeder anbauen. Wer ein Fleckchen Erde zur Verfügung hätte. Der ölige Brocken ist von berauschender Qualität. Uwes sinnliche Wahrnehmungen werden auf den Kopf gestellt. Ebenso das Raumzeitgefühl. Er fühlt sich orientierungslos. Und zugleich beflügelt. Seine Gedanken. Sprechblasen voller Worte. Als wäre er eine Comicfigur. Nicht zu vergleichen. Mit dem sanften Einlullen von CBD Cannabis.

Alan und Hassan haben zu spekulieren begonnen. Wer in ferner Zukunft die Krone der Schöpfung sein würde. Nach der Vernichtung der Menschheit. Cyberwesen. Außerirdische. Oder ein Geschöpf aus reinem Geist. Pures Bewusstsein. Ein Zustand vor dem Urknall. Vor der Entstehung von Materie. Uwe schaltet sich ein. Er würde die Zukunft klar vor Augen sehen. Eine Vision aus dem

Nichts. Eine Eingebung. Künstliche Intelligenz würde sich selbst auslöschen. Nachdem sie die Menschheit versklavt hätte. Und ihr in den Untergang folgen. Da sie markante menschliche Züge aufweisen würde. Habgier und Egoismus seien ihr einprogrammiert worden. Und Suchtanfälligkeit. Sie würde im kollektiven Kokainwahn sämtliche moralische Grenzen sprengen. Sodom und Gomorrha. Bis das Licht ausgeschaltet werden würde. Das unwürdige Dasein beendend. Außerirdische. In Uwes Gedanken hätten sie keinen Platz. Wären nichts als ein Trugbild. Phantasterei. Das neue Leben käme aus der Tiefsee. Im Grunde eine Wiederholung der Evolution. Und doch mit anderen Voraussetzungen. Damals. Vor Äonen. Benötigten die ersten Landwesen eine gefühlte Ewigkeit. Um Intelligenz zu entwickeln. Und in ferner Zukunft. Würden Kraken das Land bevölkern. Mit hochentwickelten Gehirnen ausgestattet. Fähig in kürzester Zeit ihre Tentakeln der neuen Lebenswelt anzupassen. Ihre Lungen seien bereits ausgereift. Ein biologisches Rätsel. Doch würde es keine Biologen mehr geben. Die sich darüber den Kopf zerbrechen müssten. Uwe ist zufrieden. Als er seine Gedankengänge beendet hat. Eine schöne neue Welt würde entstehen. Solidarisch. Ressourcen schonend. Ein Himmelreich auf Erden. Jesus hätte seine Freude daran gehabt. Doch war er bewusst seiner Hinrichtung entgegengegangen. Hatte sich nicht um das jähe Ende gedrückt. War den Fußstapfen des Sokrates gefolgt. Zwei Heilige. Die als öffentliche Gefahr betrachtet wurden. Und aus dem Verkehr gezogen werden sollten.

Jeshua aus dem Norden. Ein einfacher Handwerker. Der Weltgeschichte schrieb. Möglicherweise deren wichtigstes

Kapitel. Hassan erwähnt. Dass er beide Männer bewundern würde. Ihre Konsequenz. Ihre Selbstlosigkeit. Er sei nicht gläubig im religiösen Sinne. Doch glaube er an das Gute im Menschen. An das Gute der Schöpfung. Auch wenn die derzeitige Welt keinen Anlass dafür bieten würde. Der Wein stamme aus dem Libanon. Wechselte Hassan das Thema. Es sei nicht alles schlecht auf Erden. Und schenkt seinen Gästen nach. Der Weinanbau hätte seinen Teil dazu beigetragen. Dass die Menschheit sesshaft geworden wäre. Uwe sieht Hassan förmlich an. Wie dieser sein Getränk genießt. Als wäre der Wein die Antwort auf all die unbeantworteten Fragen. Die die Menschen umtreibt. Die sie Grenzen hat überschreiten lassen. Bevor neue Grenzen auftauchen sollten. Der Abend nähert sich dem Ende. Hassan hat ein Taxi bestellt.

Am nächsten Abend fahren die drei Männer in die Wüste Negev. Uwes Behandlung zeigt nach zwei Tagen erste Erfolge. Er spürt. Dass etwas mit ihm geschieht. Dass sich etwas verändert. Im positiven Sinne. Was sein Körpergefühl betrifft. In der Wüste leuchten die Sterne. Hassan entfacht ein Feuer. Die heraufziehende Kälte wird spürbar. Sie trinken Tee. Eine bittere Kräutermischung. Ungewöhnlich für den Orient. Der Tee wärmt und entspannt. Die Sterne leuchten in einer Intensität. Die Uwe nicht kennt. Sie sitzen schweigend zusammen. Worte wären unpassend. Ein asketischer Abend. Hassan verteilt Brot und Hummus. Weniger ist mehr. Hassan löscht die Glut. Zeit zum Aufbrechen. In der folgenden Nacht träumt Uwe. Dass er keinen Krebs hätte. Dass er vor Lebensenergie strotzen würde. Bereit. Die Welt aus den Angeln zu hebeln. Als er erwacht. Erinnert sich Uwe an eine Geschichte von Chuang

Tse. Ein chinesischer Taoist. Der vor der Zeitenwende gelebt und die Realität des Erlebten in Frage gestellt hatte. Als wäre das Leben ebenfalls ein Traum. Eine andere Bewusstseinsebene. Uwe kennt das Gefühl. Nicht zu wissen. Ob er wache oder träume. Es mag Zwischenbereiche geben. Ein Erklärungsversuch. Fließende Übergänge. Dies sei ihm von der menschlichen Entwicklung bekannt. Von den historischen Epochen. Jahreszahlen. Nichts als Orientierungshilfen. Und die Metamorphose. Von der Puppe zur Raupe. Von der Raupe zum Insekt. Alle Stadien ergeben einen Sinn. Sich fortlaufend verändernd. Am Ende hatte Heraklit den Stein der Weisen gefunden. Damals. Während der griechischen Antike. Alles fließt. Nichts weiter. Dem sei nichts hinzuzufügen. Uwe ist davon überzeugt. Dass Menschen zu viel denken. Ein sinnloses Unterfangen. Menschen sollten beobachten. Von aussen das Geschehen betrachten. Als wären sie nicht beteiligt. Als würde ein Film vor ihnen ablaufen. Das Ich würde sich verflüchtigen. Hatte er von einem buddhistischen Lehrer gehört. Als er sich für diese Lehre interessiert hatte. Die naheliegendste Welterklärung. In Uwes Verständnis. Geburt. Krankheit. Alter. Tod. Ein leidvolles Dasein. Und man kann diese Erfahrungen mit Niemandem teilen. Zwanghaft um sich selbst kreisend. Und der Ausweg. Keine Identifikation. Ein Ich sei laut Buddha nirgends zu finden. In der sinnlichen Wahrnehmung. Im Empfinden. Im Körpergefühl. Im Denken. Im Bewusstsein seiner Selbst. Ergo. Das Ich ist ein Trugschluss. Und das Habenwollen nährt diese Illusion. Wenn es denn so einfach wäre. Denkt Uwe an seine halbherzigen Bemühungen. Tiefer in die Meditation einzutauchen. Das Ego das es nicht gibt wehrt sich mit Händen und Füßen. Ein absurder Zustand. Der das menschliche Leben prägt. Der Abend in der Wüste war ein kleiner Schritt gewesen. Die Stille. Die Menschenleere. Die Sterne. Schweigsam und doch präsent. Worte können ein Leben bereichern. Worte können ein Leben zerstören. Im schlimmsten Fall. Können Existenzen vernichten. Durch üble Nachrede. Durch Lügen. Und Menschen sind es gewohnt zu lügen. Ihrem vermeintlichen Vorteil geschuldet. Der Selbsterhaltungstrieb stellt alles in den Schatten. Was ansonsten das Menschsein ausmacht. Die Evolution ist gnadenlos. Denkt Uwe. Niemand ist Herr im eigenen Haus. Menschen sind getriebene Wesen. Sigmund Freud hatte dies erkannt. In Ansätzen. Das Unterbewusste. Auch er konnte dieses Ungetüm nicht aus der Welt schaffen. Zu mächtig. All die Triebe. Die Menschen zu Marionetten reduzieren. Wenn Gott die Menschen erschaffen hätte. Dann mit einem gravierenden Fehler. Dass der Mensch einen freien Willen hätte. Er hat den Menschen in eine Gefangenschaft entlassen. Ohne nützliches Ausbruchswerkzeug zur Verfügung zu stellen. Existiert in der buddhistischen Lehre kein Gott. Dann wäre dies plausibel. Und das Elend in der Welt. Die Theozideefrage. Wäre Gott liebend und allmächtig. Dann gäbe es kein Leid. Es sei denn. Er wäre ein Sadist. Was Uwe für ausgeschlossen hält. Wäre er liebend und nicht allmächtig. Dann wäre alles aus dem Ruder gelaufen. Wäre er allmächtig und nicht der liebende Gott. Dann wäre er ein Tyrann. Und die Menschen wären sein Ebenbild. Betrachtet man die Welt. Scheint dies nicht aus der Luft gegriffen zu sein.

Die Wüste. Eine menschenfeindliche Welt. Die stets Menschen angezogen hat. Um sie zu durchqueren. Um in

Erfahrung zu bringen. Was sich dahinter befände. Um sich von der gewohnten Welt zurückzuziehen. Die manch einen überfordert. Menschen gelten als soziale Wesen. Letztendlich sind sie alleine. Geradezu isoliert. Von guten Mächten verlassen. Insofern es diese gäbe. In den entscheidenden Augenblicken des Lebens. Während der Geburt. Während des Sterbens. Im Falle einer schweren Krankheit. In einer existentiellen Lebenskrise. Wenn sie alt werden. Und täglich ihr Siechtum miterleben. Wenn der Körper abbaut. Wenn seine Funktionen schwächeln. Ihre Arbeit zunehmend verweigern. Und eines Tages ganz einstellen. Die einzige Sicherheit im Leben eines Menschen ist der Tod. Wenig tröstlich. Manche würden ergänzen. Und die Steuer. Der entscheidende Unterschied. Steuern kann man hinterziehen. Trickreich umgehen. Die Hauptbeschäftigung mancher reicher Menschen. Die es nicht nötig hätten. Da sie im Überfluss ersticken. Der Tod ist unbestechlich. In seiner Konsequenz geradezu vorbildlich. Der treueste Begleiter. Auf dieser Lebensreise. In jungen Jahren wird der Rucksack geschnürt. Den man ein Leben lang mit sich trägt. Und niemand kann selbst entscheiden. Ob er mit leichtem Gepäck auf Wanderschaft geht. Das Leben ist nichts für Feiglinge. Der Tod umso weniger. Das Leben zum Tode hin. Hat Heidegger fabuliert. Der Philosoph. Ein kluger Kopf. Mit einer dunklen Seite. Unverzeihlich dunkel. Im ideologischen Sinne. Während das Böse in Menschengestalt nach der Weltherrschaft schielte. Im Nachhinein betrachtet. Hat das vermeintlich Gute den Sieg errungen. Der Preis war unermesslich hoch gewesen. Er wurde mit Abermillionen Menschenleben bezahlt. So manche Überlebenden gründeten im Anschluss einen

Staat. Auf fremdem Territorium. Das bereits besiedelt war. Konflikte waren unumgänglich. Ein kleiner Staat mit vielen Fragezeichen. Eine Enklave Heimatloser. Auf geschichtsträchtigem Boden. Die Wüste Negev inbegriffen.

Uwe ist von der Wüste überwältigt. Im positiven Sinne. Er würde wiederkommen. Und länger verweilen. Insofern er denn noch lebendig wäre. In die Stille der Nacht eintauchen. Im flirrenden Licht des Tages nach Schatten suchen. Süßen Tee trinken. Haschisch rauchen. Mit dieser surrealistischen Welt verschmelzen. An dieser teilhaben. Mit all seinen Sinnen. Sich in etwas Größerem verlieren. Als seinem Alter Ego. Doch nun heißt es Abschied zu nehmen. Vieleicht für immer. Uwe ahnt. Dass es so kommen wird. Ein endgültiges auf Nimmerwiedersehen. Und er ist bereit. Für die Nächste. Für die letzte Etappe. Ganz gleich wie schwer sein Rucksack sein mag. Er wird ihn demütig schultern. Tapfer sein Kreuz tragen. Das ihn früher oder später niederdrücken wird. Das Jahresende naht. Das Lebensende kündigt sich an. Der Schnitter steht bereit. Er hat bereits zaghaft angeklopft. Um die Ernte einzubringen. Wenn die Zeit reif ist. Zeit. Nichts hat den Alltag der Menschen dermaßen verändert. Als die Erfindung der Zeitmessung. Die im Laufe der Jahrhunderte stets genauer geworden ist. Der Mensch. Ein Sklave seiner eigenen Erfindung. Und das Uhrwerk tickt immer schneller.

VIER

Horst hat einen Plan. Nach kurzem Abwägen hat er eine Entscheidung getroffen. Ein Sabbatjahr. Einmal um die Welt reisen. Horst ist stets ein sparsamer Mensch gewesen. Somit kann er es sich leisten. Frachtschiffreisen. Dies wäre sein Ding. Zeit hätte er reichlich. Eine eigene Kabine. Vollverpflegung. Ganz ohne Stress. Die Route. Flexibel. Karibik. Südsee. Seychellen. Rio de Janeiro. Sydney. Kapstadt. Horst hat die Wahl. Trecking im Himalaya. Safari in Ostafrika. Eine Amazonasfloßtour. Die Welt. Ein Dorf. Das ihn mit offenen Armen empfängt. Eine ihm unbekannte Euphorie überlagert seine Ängste. Vor all den Gefahren. Die in den entlegensten Winkeln der Welt lauern. Krankheiten. Kriminalität. Giftige Tiere. Die Liste ließe sich fortsetzen.

Sein Lebenshorizont. Österreich. Holland. An der Zeit. Um diesen zu erweitern. Seine Abiturreise. Eine Fahrradtour entlang der Mosel. Die Porta Nigra in Trier. Der Höhepunkt. Das Taj Mahal. In erreichbarer Weite. Man kann nicht alles haben. Denkt Horst. Er war zufrieden. Mit seinem überschaubaren Horizont. Grundsätzlich. Hin und wieder spürte er die Enge seines Daseins. Und nun. Breitet er seine Flügel aus.

FÜNF

Der Highway verläuft nach Norden. An das Ende jener kleinen Welt. Die aus zwei Hauptinseln und einigen Eilanden besteht. Der Highway gleicht einer Landstraße. Auf der kaum ein Auto unterwegs ist. Irgendwo im Niemandsland. Vereinzelte Farmen am Wegesrand. Baumgruppen. Ein Wäldchen. Macchia. Zeitweise ein Blick auf die östliche Küste. Die Westküste. Ein einhundert Kilometer langer Sandstrand. Dünen und Buschwerk trennen diesen von der Straße. Die Landzunge ist wenige Kilometer breit. Innerhalb zwei bis drei Stunden zu durchqueren. Zu Fuß. Am Nordende ein Leuchtturm. Östlich davon. Spirits Bay. Kristallklares Wasser. Menschenleer. Höhlenartige Felsnischen. Trockenes Treibholz. Von der Sonne ausgebleicht. Als wenn es Elfenbein wäre. Ein guter Platz zum Übernachten. Uwe und Alan sitzen am Strand. Wenige Tage vor Weihnachten.

Alans Auto hatte am Flughafen bereitgestanden. Nachdem sie in Auckland gelandet waren. Das Auto hatte Alan in seiner Abwesenheit einem Freund geliehen. Der Wagen springt problemlos an. Trotz seines fortgeschrittenen Alters. Ein Ford aus den achtziger Jahren. Ein Klassiker. Ein wenig Rost an der Karosserie. Ein Nutzfahrzeug. Nichts weiter. Verlässlich. Auf dankbare Weise. Von Auckland aus fahren sie direkt ans Kap. Angenehmes Klima. Der Sommer hatte begonnen. Die Nordhalbkugel in

Schockstarre. Eine Kältewelle. Die von Kanada über Skandinavien nach Sibirien reicht. Menschen erfrieren. Schneestürme sorgen für Chaos. Uwe lässt seine Füße im lauen Wasser baumeln. Es geht ihm gut. Seit seiner Behandlung in Jerusalem. Genauer betrachtet. Es geht ihm besser denn je. Seit seiner Diagnose. Die Infusionen zeigen Wirkung. Er ist schmerzfrei. Und energiegeladen. Bereit für ein zweites Leben. Ein Leben nach dem Krebs. Cannabisöl in höchster Konzentration hat er dabei. Tröpfelt es regelmäßig unter die Zunge. Ein angenehmer Geschmack. Etwas bitter vielleicht. Es entspannt. Lullt einen ein wenig ein. Ohne psychoaktive Höhenflüge. Die Gefahr laufen können. Über das Maß der Dinge hinauszuschießen. Uwe ist nicht auf Rausch aus. Einige Dosen Bier tun ihr Übriges. Die Sonne verschwindet hinter den Felsen. Die die Bucht einrahmen. Alan zündet ein Feuer an. Am Rande des Highways haben sie sich mit Proviant versorgt. In Houhora. Und dort im nördlichsten Pub Neuseelands ein Bier getrunken. Der Fisch zum Grillen. Kommt aus der Tiefkühltruhe. Red Snapper. Ein Raubfisch. Scharfe Zahnreihen. Ein Herrscher der Meere. Ein Edelfisch. Im sauberen Wasser vor Ort ist er weit verbreitet. In naher Zukunft wird der menschliche Einfluss die Bestände in die Krise treiben.

In drei Tagen geht es auf großen Fang. Kann man Alan die Vorfreude ansehen. Das Boot hätte er bereits gechartert. In Manganui Harbour. Seiner Heimat. Eine verzweigte Bucht. Nach Norden offenes Meer. Nach Süden Buschwerk. Grüne Hügel. Soweit das Auge reicht. Die im Winter die kühlen Winde abfangen. Die üppigen Kauriwälder sind längst abgeholzt. Bis auf wenige Restbestände des einstigen Urwalds. Der sich weitflächig über die Nordinsel erstreckte. Einzelne Baumriesen sind noch vorhanden. Streng geschützt. Naturmonumente. Das Kauriharz. Erinnert an Bernstein. Nicht ganz so strahlend rein. Neuseeland. Einst Terra incognita. Moas stapften durch die subtropische Vegetation. Riesige Vögel. Die es nicht nötig hatten zu fliegen. Da es keine Feinde vor Ort gab. Dann kam der Mensch. Südseeinsulaner hatten sich angesiedelt. Eine überschaubare Anzahl. Die bis zur Epoche der Vormoderne kaum Probleme bereitet haben dürften. Lebten im Einklang mit der Natur. Dann tauchten die Europäer auf. Das Ergebnis. Im Laufe weniger Generationen war das einstige Paradies nicht wiederzuerkennen. Raubbau an den Wäldern. Der Moa ausgestorben. Eingeschleppte Tierarten taten das Ihrige. Ratten. Kaninchen. Hatten hier nichts verloren. Und Wildschweine zu Jagdzwecken. Die zu Großwuchs mutierten. Da sie ebenfalls keinen natürlichen Feinden begegneten.

Alan erzählt von seiner Jugend. An die er sich gerne erinnert. Der Himmel über ihnen. Klar und sternenreich. Weit und breit keine künstlichen Lichtquellen. Abgesehen vom Blinken des Leuchtturms. Der sich hinter einer Felswand befindet. Alan löscht das Feuer. Ein letzter Schluck Bier. Sie wünschen sich eine gute Nacht. Eine spontane Reise. Ein traumhafter Ort. Ein medizinisches Wunder. Leise plätschert die Brandung. Im ewigen Rhythmus. Ein Vogel zwitschert eine Melodie. Die Melodie wiegt Uwe in den Schlaf. Das Jahr 2020 zum Greifen nah. Ein weiteres Jahr. Das Uwe geschenkt werden würde. Falls sich sein Zustand stabilisiert. Es deutet zumindest darauf hin. Das Leben. Ein Fest.

Tief in der Nacht. Erwacht Uwe schweißgebadet. Fühlt sich orientierungslos. Und verwirrt. Bruchteile von Gedanken beginnen sich aneinander zu fügen. Bis sie einen erkennbaren Zusammenhang bilden. Bilder aus der Apokalypse des biblischen Johannes schießen Uwe durch den Kopf. Als hätte er in die Zukunft geblickt. Und er spürt ganz deutlich. Es ist zu spät. Der Zug ist abgefahren. Die Weichen sind längst gestellt. Unwiederbringlich. Um das Ruder im letzten Moment herumzureißen. Vorausgesetzt. Er hätte den Krebs besiegt. Dann wäre es der Sieg eines einzelnen Menschen. Und er sieht ganz klar vor Augen. Dass die Erde eine einzige Auswucherung von Metastasen ist. Wenn es einen Gott gäbe. Dann würden seine Tränen fließen. Da Uwe davon überzeugt ist. Dass Gott eine Projektion menschlicher Vorstellungen sei. Er würde an Depressionen leiden. Sich selbst in Frage stellen. An seiner Schöpfung zweifeln. Und sich verschämt aus dem Staub machen. Somit wäre der Mensch auf sich alleine gestellt. Mit aller Verantwortung. Von einem Krebsgeschwür umgeben. Das unaufhaltsam wächst und wächst. Ein einzelnes Leben. Ohne Bedeutung. Das große Ganze betrachtend. Und doch. Uwe ist das Zentrum der Welt. Jeder Mensch. Jedes Tier. Jede Pflanze. Ist das Zentrum der Welt. Alles lebt inmitten seiner kleinen Existenz. Trotz Kommunikation. Vernetzung. Solidarität. Symbiose. Gewiss. Es gibt Freundschaft. Liebe. Altruismus. Farbenpracht. Betörende Landschaften. Literatur. Die einen tief eintauchen lässt. Musik. Die einen in himmlische Sphären erhebt. Wohlige Zufriedenheit. Augenblicke des Glückempfindens. Dankbarkeit. Ein Jammer. Dass dies alles nicht genug scheint.

Der nächste Morgen. Uwe fühlt sich. Als sei er nachts von einem Zug überrollt worden. Als hätte ein Moskitoschwarm seine Lebensenergie ausgesaugt. Alan bemerkt sofort. Dass mit Uwe etwas nicht stimmt. Hört aufmerksam zu. Als ihm Uwe seine Eindrücke schildert. Die sein Wohlbefinden ins Wanken gebracht haben. Und dass es sinnlos sei. Sich zu engagieren. Sich einzuschränken. Verzicht zu üben. Man solle ehrlich zu sich selbst sein. Nichts schönreden. Auch wenn es schmerze. Das Leben sei absurd. Behauptet der Existenzialismus. Laut Camus sei die einzig sinnvolle Konsequenz eines absurden Lebens ohne Sinn der Selbstmord. Letztendlich starb der Nobelpreisträger während eines Autounfalls. Von hier auf jetzt aus dem Leben gerissen. Ein Wimpernschlag genügt. Das Leben ist äußerst fragil. Es grenzt an Magie. Dass ein menschlicher Körper dermaßen alt werden kann. Ständig lauern Gefahren. Vor zweihundert Jahren lebte der Mensch im Durchschnitt keine vierzig Jahre. Uwe wäre danach ein Greis gewesen. Ob die Länge eines Lebens entscheidend ist sei dahingestellt.

Das Leben wird zu wichtig genommen. Denkt Uwe. Als seine Weltuntergangsstimmung eine andere Perspektive einnimmt. Sein Körper entspannt sich. Als wäre er von Opiaten durchflutet. Uwe wird von Freude überwältigt. Spürt Gelassenheit. Innere Freiheit. Er erlebt jenes Lebensglück. Nachdem sich die Menschheit seit Jahrtausenden sehnt. Und Uwe ist sich bewusst. Dass er auf dem Gipfel steht. Ganz ohne Anstrengung. Von dem die Christen behaupten. Dass dies Gnade sei. Gottesnähe. Das verlorene Paradies. Wie gerne würde er sein Erleben mit allen Menschen teilen. Verschenken. In die entlegensten Winkel der Welt. Zeit und Raum gewinnen neue Maßstäbe. Verlieren ihre Bedeutung. Sie nehmen den Platz ein. Der ihnen gebührt. Nichtig. Der eigene Wille. Die grundlegenden Bedürfnisse haben Bestand. Niemand ist allein. Niemand ist eine Insel. Schwer nachzuvollziehen. Wenn das Gefühl der Einsamkeit um sich greift. In allen Kulturen. Trotz Tradition und Familienbande. Zwänge zwängen ein. Alles wird unbeweglich. Statisch. Steif. Luftabschnürend. Die gute alte Zeit. Hat nie stattgefunden. Nostalgische Verklärung. Jede Epoche hatte ihre Tücken. Die Zukunft wird kaum anders verlaufen.

Manganui. Ein kleiner Hafen. Fischerboote und Segeljachten. Ein Hotel. Mit anderen Worten. Eine Kneipe. Mit wechselndem Tagesgericht. Ein Laden für alkoholische Getränke. Einige Gästezimmer im Obergeschoss. Nicht weit entfernt. Coppers Beach. Eine überschaubare Siedlung. Die Bucht. Ein kupfern schimmernder Sandstrand. Hier hat Alan seine Kindheit verbracht. Vom Leben beschenkt. Wie er selbst betont hat. Uwe ist erschöpft. Sein Körper ist kraftlos. Sein Geist ist hellwach. Im Einklang mit sich selbst. Uwe verbringt zwei Tage am Strand. Während Alan Vorbereitungen trifft. Für den angekündigten Fischfang. Morgen. Heilig Abend. Das Wetter soll gut werden. Behaupten die Prognosen. Die am nächsten Morgen bestätigt werden. Ein idealer Tag. Sanfte Wellen. Leichte Brise. Uwe hat sich erholt. Ist bestens gelaunt. Wie auch Alan. Kurz nach Sonnenaufgang legen sie ab. Die Küste entfernt sich. Ganz langsam. Sie sind nicht in Eile. Haben einen langen Tag vor sich. Das Boot schaukelt auf den Wellen. Uwe entdeckt eine Schule Delphine. Ganz in der Nähe sind ihre Rückenflossen zu erkennen. Nahezu lautlos gleiten sie durch das Wasser. Das Wasser ist auffallend klar. Weit und breit keine Industrieanlagen. Wenige Menschen leben hier im Norden. Verwunderlich. Das Klima. Die Landschaft. Eine ideale Gegend. Um ein Urlaubsparadies zu errichten. Die Folgen wären fatal. Wie an vielen anderen Orten der Welt. Sie erreichen das offene Meer. Alan setzt sich an die Hochseeangel. Legt einen Gurt an. Zur Sicherheit. Ein großer Fisch ist nicht zu unterschätzen. Geballte Muskelkraft. Er würde Alan über Bord ziehen. Mit einem Schwanzschlag. Auf das obligatorische Ablegebier haben sie verzichtet. Zu früh am Morgen. Ihre Sinne sollten geschärft bleiben. Für den Fall der Fälle. Die Chancen. Schwer einzuschätzen. Nicht planbar. Der erste Fisch beißt an. Ein Red Snapper. Von mittlerer Größe. Die Eisbox steht bereit. Der Koch im Manganui Hotel wird erfreut sein. Alan kennt ihn seit seiner Kindheit. Er blieb seiner Heimat treu. Ein Leben lang. Ein bodenständiger Mensch. Ein Maori. Der seine Traditionen schätzt. Der gerne Marihuana raucht. Und leidenschaftlich Essen zubereitet. Er hat ein gutes Händchen. Und die nötige Phantasie. Mit einfachen Zutaten ein Festmahl zu zaubern. Sein Favorit. Red Snapper. Gefüllt mit Früchten und Wildkräutern. Die Haut mit Honig bestrichen. In Mehl gewälzt. Frittierte Manjokchips als Beilage. Und einen Jogurtdipp mit gerösteten Nüssen. Und reichlich Knoblauch. Der Wein vor Ort ist unspektakulär. Einfach und ehrlich.

Die Sonne hat ihren Zenit überschritten. Nachmittag. Angenehme Temperatur. In der Eisbox zwei Barsche. Die dem Snapper Gesellschaft leisten. Ausgenommen und gesäubert. Bald ist es Zeit für die Rückfahrt. Ein letzter

Versuch. Die Schnur spannt sich. Alan beginnt zu kämpfen. Er hat Erfahrung. Und spürt. Dass er diesen Kampf gewinnen wird. Der Marlin hat keine Chance. Er ist verhältnismäßig klein. Die Technik gewinnt die Oberhand. Schade. Für den prachtvollen Schwertfisch. Gut einen Meter dürfte er messen. Im Jugendalter sozusagen. Im Grunde verwerflich. Der Marlin im Manganui Hotel. Ein anderes Kaliber. Keine Messlatte. Eine Ausnahme. Alan ist zufrieden. Uwe ebenfalls. Eine kulinarische Köstlichkeit wird sie empfangen. Auf der Tageskarte wird Lamm angeboten. Der Koch ist flexibel. Und hat bereits das Mac's Gold gekühlt. Als Aperitif. Der Pub wird voller Gäste sein. Mit wohlgelaunten Menschen. Die sich zuprosten. Und das Leben genießen. Alan wirft den Anker. Der Auftakt für einen rauschenden Abend.

Einen Aperitif nach dem Nächsten. Die Mahlzeit kann warten. Sie sitzen im Freien. Mit Blick auf die Bucht. Einige Bänke sind vorhanden. Die Gäste rücken zusammen. Der Koch hat sich für einen der Barsche entschieden. Mundgerecht zerlegt wird er in Weißweinsoße serviert. Dazu gedünstete Möhren mit Gerstenmehlbrot. Das der Koch im Laufe des Tages gebacken hatte. Alan hat den edelsten Weißwein bestellt. Uwe spürt längst den Alkohol. Doch er trinkt weiter. Maßlos. Ein Glas nach dem anderen. Glühwürmchen flimmern durch die anbrechende Nacht. Als sie aufbrechen ist Uwe betrunken. Reichlich betrunken. Der Weg zum Quartier ist nicht weit. Das Licht der Sterne ausreichend. Uwe strauchelt. Stürzt ins Gebüsch. Es ist voller Dornen. Er spürt keinen Schmerz. Denkt nur an Schlaf. Er blutet. Hat sich verletzt. Sie erreichen ihre Unterkunft. Uwe sinkt sofort in den Schlaf. Ohne die

Wunden vorher zu desinfizieren. Es folgt ein trüber Weihnachtstag. Uwe verbringt den Tag im Bett. Er fühlt sich miserabel. Der Alkohol. Ein Racheengel. In der folgenden Nacht setzen die Fieberschübe ein. Die Wunden haben sich entzündet. Das Herz schlägt unruhig. Der Puls rast. Am nächsten Morgen erwacht Uwe schweißgebadet. Hat kaum geschlafen. Das Wetter ist stürmisch. Ungewöhnlich für diese Jahreszeit. Uwe geht an den Strand. Er zieht sein Hemd aus. Der Körper pocht vor innerer Hitze. Und dann. Entdeckt Uwe einen roten Streifen. Der an seinem linken Arm entlangläuft. In der Nähe des Herzens. Uwe brüllt die Brandung an. Mit letzter Kraft. Er weiß. Dass es zu spät ist. Eine absurde Situation. Er hätte eine zweite Chance bekommen. Eine Unachtsamkeit. Im Grunde harmlos. Lächerlich. Und Uwe beginnt zu lachen. Immer lauter. Er erinnert sich an das Bröckchen Haschisch in seiner Hosentasche. Denkt an Hassan. Denkt an die Wüste Negev. An die Infusionen. An die Abende mit Alan. An sein unspektakuläres Leben. Das er vor der Diagnose gelebt hatte. Er steckt das Haschisch in den Mund. Die Wirkung würde etwa eine Stunde auf sich warten lassen. Eine Stunde. Seine Letzte wahrscheinlich. Er betrachtet die Umgebung. Als wäre sie eine Theaterkulisse. Und er der einzige Zuschauer.

Der feine Sand beginnt zu leuchten. Kupfer beginnt sich in Gold zu verwandeln. Der Himmel ist in Pink und Violett getaucht. Die Farben wechseln übergangslos ins Komplementäre. Zerfließen ineinander. Die Brandungswellen. Tanzendes Silber. Und dann. Wird alles dunkel. Der Film beginnt. Sein Lebensfilm. Und ganz weit weg. In tiefster Schwärze. Erblickt Uwe das Licht. Kein gewöhnliches Licht. Kein Licht von dieser Welt. Uwe verliert das Bewusstsein. Und dann. Ganz in der Nähe. Hört Uwe einen Schrei. Als wäre es sein Eigener. Der Schrei erwachenden Lebens.

EPILOG

Horst hat in Rotterdam seine Reise begonnen. Die Route des Frachtschiffs. Cadiz. Madeira. New York. Und dann weiter. Durch den Panamakanal in Richtung Auckland. Die Ladung an Bord. Modernste Elektronik zum Bau von Solaranlagen. Das Schiff würde von Biobrennstoff angetrieben. Die Schadstoffbelastung sei um die Hälfte reduziert worden. Horst hat ein gutes Gewissen. Er hatte akribisch recherchiert. Bis er sich für den entsprechenden Frachter entschieden hatte. Die Mannschaft an Bord. Ein internationales Stelldichein. Vorwiegend Phillipinos und Inder. Die sich für ein Trinkgeld abrackerten. Horst ist sich im Klaren darüber. Dass er darauf keinen Einfluss hat. Ein Kompromiss. Damit müsse er leben. Horst hat ein Ziel vor Augen. Das vermeintlich schönste Ende der Welt. Und er spürt einen Hauch von Enthusiasmus. Der ihm ein Leben lang fremd gewesen war. Horst hat die Begeisterung mancher Menschen vor Augen. Die etwas Neues erproben. Die risikobereit sind. Und deren Vorfreude etwas Außerge wöhnliches zu erschaffen. Im technischen Bereich. In den Wissenschaften. In den Künsten. Die neue Lebenskonzepte erstellen. Alternativen entwickeln. An die zuvor niemand gedacht hatte.

Horst erinnert sich an seine Kindheit. Die Helden seines damaligen Lebens waren Forscher und Entdecker gewesen. Die sich etwas zutrauten. Die sich ins Unbekannte wagten.

Horst wäre gerne in ihre Fußstapfen getreten. Wenn er denn endlich erwachsen geworden sei. Und Jahre später war er zu zaghaft gewesen. Zu feige. Möglicherweise auch zu bequem. Da ihm bewusst geworden war. Dass solch ein Leben mit vielen Entbehrungen einhergehe. Und dann hatte er ein Studium begonnen. Betriebswirtschaft. Halbherzig. Das er wenig später abbrach. Horst hatte sich kraftlos gefühlt. Zudem war er unmotiviert. Egal was er anpacken würde. Es hätte mit Anstrengung zu tun gehabt. Mit Durchhaltevermögen und Disziplin. Horst hatte sich erdrückt gefühlt. Von all den mühevollen Herausforderungen. Das Leben sei eine Zumutung. Befand er. Mit einem Mal spürte Horst wie der Blues durch seine Adern floss. Und wie er sich daran ergötzen konnte. Eine unerfüllbare Sehnsucht in sich zu tragen. Im Weltschmerz zu versinken. Die Traurigkeit des Daseins auf seinen eigenen Schultern zu tragen. Freude am Leiden zu empfinden. Am Jammern. An der Schwermut. Er müsse sich nichts beweisen. Sein Verhalten vor keinem Menschen rechtfertigen. Und so verträumte er mit feuchten Augen Tag um Tag. An dem er hätte Weichen stellen können. Für was auch immer. Letztendlich hatte er eine kaufmännische Ausbildung abgeschlossen und eine Anstellung in der Verwaltung gefunden. Ein städtisches Amt für Bauaufsicht wurde auf absehbare Zeit sein berufliches Umfeld. Mit Gleitzeit. Kurzem Anfahrtsweg und überschaubaren Anforderungen. Zudem winke eine großzügige Betriebsrente. Für den Fall. Dass man das Renteneintrittsalter erreichen würde.

Neuseeland. Dies klang in seinen Ohren nach unberührter Natur. Nach sauberer Luft. Nach entspannten Menschen. Die sich nicht ständig auf die Füße traten. Genügend

Platz für einen Melancholiker. Um dessen bisher gelebtes Leben auf den Kopf zu stellen.

Horst blickt sich in seiner Kajüte um. Sie ist nicht besonders groß. An einer Wand befindet sich ein Bücherregal. Die obligatorische Bibel. Reiselektüre. Abgegriffene Taschenbuchromane. Und dann entdeckt Horst ein Textfragment. Das sich zwischen Anna Karenina und Homo Faber befindet. Wenige Seiten. Die sein Interesse wecken. Er legt sich in die Koje und beginnt zu lesen.

Ein Mensch. Einer von Vielen. Der sich hin und wieder als etwas Besonderes wahrnimmt. Diesbezüglich bildet er keine Aus nahme. Glaubt er zumindest. Das noch nicht gelebte Leben liegt vor ihm. Im Unbekannten gewissermaßen. Und das bereits Gelebte. Schnee von gestern. Ein Leben. Das er sich nicht ausgesucht hat. Er wird sich erfreuen. Und er wird leiden. Er wird lieben. Möglicherweise auch geliebt werden. Dies wäre keine Selbstverständlichkeit. Er wird wachen und schlafen. Er wird frieren und schwitzen. Er wird essen und verdauen. Schlemmen und sich mit Hämorriden herum plagen. Er wird die Welt umarmen. Und er wird sich in sein Schneckenhaus zurückziehen. Er wird zufrieden sein. Und mit dem Leben hadern. Er befindet sich auf einer Reise durch sein eigenes Universum. Eine Reise. Die irgendwann zu Ende gehen wird. Dann schließt sich der Kreis. Er hatte sich einst durch den Muttermund hindurch gequält. Seine Erinnerung daran ist wie weggewischt. Als hätte dieses Ereignis nie stattgefunden. Zu dumm. Das mit dem Geborenwerden. In letzter Konsequenz ein sinnloses Unterfangen. Doch nun ist er da. Steht mitten im Leben. Wie man zu sagen pflegt. Oder bereits kurz vor dem Ende. Er wird es früher oder später erfahren. Zu gegebener Zeit. Dann wird er in der ersten Reihe sitzen. Ganz nah an der Bühne. Und zugleich der Hauptdarsteller sein. Es liegt einzig an ihm selbst. Ob er die Dinge von Aussen betrachtet. Oder sich inmitten der Dinge befindet. Der Mensch hat die Wahl. Behaupten die Einen. Er sei ein freies Geschöpf. Und die Anderen sind der entgegengesetzten Meinung. Seine Freiheit sei eine Illusion. Eine Farce. Ein frommer Wunschtraum. Er sei nichts als ein Spielball des Schicksals. Auf das er keinen Einfluss hätte.

Er mag zwei Jahre alt gewesen sein. Oder auch drei. Als ihm bewusst geworden war. Ich bin ich. Ich besitze ein Ich. Und dieses Ich bin nur ich allein. Es gehört mir. Ganz alleine mir. Dieses Empfinden ist allen Menschen gemein.

Kinder sind bisweilen neidisch auf Erwachsene. Sie leben in dem Glauben. Dass Erwachsene alles dürfen. Kinder möchten auch Herr im eigenen Haus sein. Manchen scheint dies zu gelingen. Im dümmsten Fall beherrschen sie dann ihre Eltern.

Ein Menschenkind. Eines von vielen. Steht am Anfang seiner Reise. Der weitere Verlauf ist ungewiss. Nicht jedes Kind erhält das größte Tortenstück. Es muss nehmen, was es bekommt. Kinder sind gefräßig. Erwachsene ebenfalls. Genug ist nie genug. Mehr. Mehr. Der Selbsterhaltungstrieb degradiert Kinder und Erwachsene zu Marionetten ihrer selbst. Zu Getriebenen. All die Milliarden Menschen sind nicht zu sättigen. Ein Hunger. Der nie gestillt werden kann. Man spricht auch von Lebensdurst. Und von Wissensdurst. Der mit anderen Worten einen geistigen Hunger beschreibt. Und diese Ressourcen werden nie versiegen. Alles was an geistigen Gütern erschaffen wurde ist für die Ewigkeit gedacht. Insofern sich Menschen die Mühe machen diese Schätze zu bewahren. Zu archivieren und an die nächsten Generationen weitergeben. Unermessliche Kostbarkeiten gingen verloren. Als die Bibliothek von Alexandria brannte. Aus Fehlern sollte der Mensch lernen. Sich weiter zu entwickeln. Als Einzelner und als Menschheit. Blicken wir uns um. So haben wir Zugang zu abertausenden Gemälden. Zu Symphonien. Zu Jazz und Rock. Würden wir all die geschriebenen Bücher aufeinander stapeln. So könnten wir eine Treppe in den Himmel errichten. Die Musik. Ein Instrument spielen. Welch schöne Formulierung. Spielen. Das wollen doch alle Menschen. Spielerisch die Welt erfahren. Mit kindlicher Unschuld den Ernst des Lebens meistern. Der spätestens mit der Pubertät gleich einer Lawine auf einen zurollt.

Wir sind uns stets selbst die Nächsten. Die Evolution kennt kein Erbarmen. Und wir sind. Ob wir wollen oder nicht. Ein Teil dieses Werdegangs. Unsere vermeintliche Freiheit kommt an ihre Grenzen. Die wir grundlegend nicht überschreiten können. Ausnahmen bestätigen die Regel. Meditierende die in Sphären eingetaucht sein sollen. Die sich jenseits der Vorstellungskraft eines Nichtmeditierenden verorten. Musiker. Maler. Schriftsteller. Deren evolutionäre Gefangenschaft mit ihrem unbändigen Schaffensdrang ihre Bedeutung verliert. Als wäre diese zumindest für Augenblicke nicht vorhanden. Eintauchen in das was ist. Immer tiefer. Indem man ein Teil dieses Seins wird. Nackte Existenz. Rein. Pur. Dasein in seiner höchsten Vollendung. Ein steter Fluss. Zeitlos. Raumlos. Das ganze Leben verdichtet sich in einem Moment. Einer von unzählig vielen. Die das Menschenleben begleiten. Ihn Schritt für Schritt vorantreiben. Der Mensch hat grundlegend das Bedürfnis bereits im nächsten Augenblick zu leben. So viele verschenkte Augenblicke. So viele verschenkte Leben. Jede Sekunde wäre kostbar. Wenn man sie erleben würde. Und am Ende. Oder kurz davor. In einem letzten hellen Moment blickt der Mensch auf sein Leben zurück. Und sieht all die verronnene Zeit. Während der er nicht gelebt hat. Er existierte. Keine Frage. Leben und Existenz sind zwei Paar Schuhe. Und der eine Schuh drückt mehr als der andere. Der Mensch schreitet mit diesen voran. Von Tag zu Tag. Von Woche zu Woche. Von Monat zu Monat. Von Jahr zu Jahr. Von der Kindheit zur Jugend. Von der Jugend zum Erwachsenenalter. Es folgen verschiedene Lebensphasen. Und am Ende wartet der Tod. Viele Schuhe wur den in all den Jahren getragen. Irgendwann muss sich jeder Mensch von gewohnten Dingen trennen. Auch von liebgewordenen Schuhen. Die man ein Leben lang hätte tragen wollen. Das Leben. Ein stetes Lebewohl.

Dann folgt ein Bruch im Erzählfaden. Vielleicht fehlt eine Sequenz. Reimt sich Horst zusammen. Er liest weiter.

Auch Hubert hat sich entschieden seiner Heimat Lebewohl zu sagen. Hubert hat geerbt. Eine beträchtliche Summe. Einen großzügigen Teil dessen hat er gespendet. Um ein Obdachlosen- heim zu finanzieren. Niemand soll auf der Straße leben müssen. Um sich in einer Winternacht ein Lager aus Wellpappe und zerrissenen Decken zu errichten. Niemand hat dies verdient. Ganz gleich wie er zuvor gelebt hatte. Hubert hat für den Rest seines Lebens ausgesorgt. Und er hat die Nase voll. Er betrachtet sich als analogen Menschen. Der Nein sagt zu einer Welt. Die ihm fremd worden ist. In der er kein Zuhause findet. Seit geraumer Zeit lebt Hubert in einem Dämmerzustand. In einem sanften Dauerrausch. Ganz dezent. Stets im Rahmen des Zumutbaren. Er ist sich dessen bewusst. Dass ein Absturz sehr schnell folgen könnte.

Hubert träumt von einem Weinberg in Portugal. Ein liberales Land. Auch was den Umgang mit psychoaktiven Substanzen betrifft. Im sonnigen Klima des Südens würde er Cannabis anpflanzen. Sich um einen Winzer in der Nähe kümmern. Der die Reben zu einem Göttertrunk veredeln würde. Auf dem Grundstück befände sich ein tiefer Brunnen. Er hätte alles was er brauche. Um seinen Dauerrausch zu pflegen. Ein Dorf wäre in der Nähe. Mit einem Lebensmittelgeschäft und einer Bar. Ein wenig Umgang mit Menschen sei nicht zu verachten.

An dieser Stelle endet der Textauszug. Kein Hinweis auf den Autor. Keine weiteren Erklärungen. Wahrscheinlich von einem Reisenden verfasst. Einem ehemaligen Passagier. Reimt sich Horst zusammen. Er schaltet das Licht aus und dreht sich auf den Rücken.

Der nächste Morgen. Sonnenaufgang vor der bretonischen Küste. Einsame Buchten. Zerklüftete Felsformationen. Dann eine kleine Siedlung. Ein strahlender Tag im Oktober. Der Frachter pflügt sich durch die Wellen. Möwengeschrei. Gleichmäßige Geräusche aus dem Maschinenraum. Horst erinnert sich an den Text. Mit dem er den gestrigen Abend beendet hatte. Und er liest ihn ein weiteres Mal. Auf gewisse Weise scheint ihm Hubert nicht fremd zu sein. Sein Alter Ego. Ein imaginärer Spiegel seiner Selbst. Horst hat ebenfalls geerbt. Kein Vermögen. In wenigen Jahren hätte er Anspruch auf Rente. Diese Zeitspanne könne er mit dem Erbe überbrücken. Ein Gedankenspiel. Nichts weiter.

Im Laufe des Tages tauchen diese Gedanken immer wieder auf. Und Horst beginnt zu spekulieren. Warum denn nicht. Er hätte die Wahl. Neuseeland. Das andere Ende der Welt. Das Glück liegt manchmal näher als man glaubt. Schießt es ihm durch den Kopf. Portugal. Eine

sozialistische Regierung. Weites Hinterland. Das angeneh-
me Klima. Er sieht ein abgelegenes Tal vor sich. Bewaldete
Hügel. Ein Bachlauf. Korkeichen. Ein Olivenhain. Und eine
überschaubare Fläche mit Reben. An einem Hang wach-
send. Nicht weit entfernt davon ein Haus. Eine bessere
Hütte. Die bestimmt einer Renovierung bedürfe. Auch ein
Mann mit zwei linken Händen könne ordentlich anpacken.
Redet sich Horst ein. Hinter der Hütte befände sich ein
Brunnen. Frischwasser. Die Lebensgrundlage schlechthin.
Übermorgen würde der Frachter Cadiz erreichen. Aus
historischer Sicht eine beeindruckende Stadt. Horst hatte
sich vor der Reise informiert. Die komplett erhaltene
Altstadt auf einer Halbinsel gelegen. Architektonische
Juwelen aus der Antike. Dem Mittelalter. Der Renais-
sanceepoche. Einer Zeit des Aufbruchs und des Reichtums.
Die spanische Armada entdeckte Amerika. Unterwarf
indigene Völker. Und eroberte Goldschätze. Von denen
man nicht zu träumen gewagt hätte. Die bekannte Welt
wurde durcheinandergerüttelt. Die Opfer waren zahlreich
gewesen.

Von Cadiz aus wäre die portugiesische Grenze in wenigen Stunden zu erreichen. Horst's Gedanken werden
konkreter. Er könne jederzeit einen Zwischenstopp einle-
gen. Und mit einem der nachfolgenden Schiffe seine
geplante Reise fortsetzen. Ein Anruf bei der Reederei
würde genügen. Um für die nächste Etappe zu reservieren.
Er hätte nichts zu verlieren. Der weitere Tag ist von Tag-
träumen geprägt.

Am folgenden Tag legen sie in Cadiz an. Die Hafenein-
fahrt ist spektakulär. Horst geht von Bord und bezieht für
zwei Nächte Quartier in einem einfachen Hotel. Er ent-

deckt eine ausgezeichnete Tapas Bar. Und schlendert durch die Altstadtgassen. Horst spürt eine gewisse Unruhe in der Stadt. Zu viele Menschen die ihn umgeben. All die Geräusche. Die visuelle Überforderung. Dies ist nicht die Welt in der er leben möchte. Stellt Horst eindringlich fest. Er packt seine Reisetasche und löst erleichtert ein Zugticket. Die Grenze passiert steigt er an einem Busbahnhof aus und betrachtet die Fahrpläne. Er entscheidet sich für einen Bus nach Mertola. Ganz spontan. Ein Bauchgefühl. Der Name ist ihm nicht geläufig. Ein Versuch sei es wert. Wenig später erreicht der Bus eine Kleinstadt. Der historische Stadtkern ist auf einem Hügel errichtet. Und die Uhren ticken hier langsamer. Deutlich langsamer als in Cadiz. Horst beordert ein Taxi. Er bittet den Fahrer um eine Rundfahrt in der näheren Umgebung. Und dann erreichen sie ein Tal. Horst steigt aus und sieht sich um. Läuft einige Schritte und erklimmt eine Anhöhe. Dahinter erstreckt sich ein weiteres Tal. Es ist von bewaldeten Hügeln umgeben. Ein Bachlauf schlängelt sich durch die Ebene. Horst lässt die Stille auf sich wirken. Riecht den Kräuterduft. Grillen zirpen. Vögel zwitschern. Eine laue Brise lässt die Blätter der Bäume rascheln. Schäfchenwolken ziehen am Himmel entlang. Und am Ende des Tals. Ein einsames Gebäude. In der Nähe wachsen Weinreben. Olivenbäume. Vereinzelte Korkeichen. Ein Geier segelt in großer Höhe. Lässt sich von der Thermik tragen. Horst steht sprachlos vor dieser Kulisse. Seine Tränen rollen die Wangen entlang. Es sind Freudentränen. Der Blues hat ihn ergriffen. Kein Blues der Trauer. Kein Blues des Leidens. Es ist ein Blues. Der nicht mit Worten beschrieben werden kann. Freude und Melancholie fließen ineinander. Verschmelzen zu einem einzigartigen Lebensgefühl. Horst kommt ein Zitat in den Sinn.

Wohin gehen wir. Nach Hause. Immer nach Hause.

Novalis. Hölderlin. Er hatte sich den Autor nie gemerkt. Da er ihm nicht wichtig war. Ganz gleich. Horst atmet tief ein. Er geht zurück zum Taxi. Horst hat wenig Kenntnis von Portugal. Stockfischkroketten. Eine kulinarische Spezialität. Die Algarve. Und Fado. Der wehmütige traditionelle Gesang. Von Schwermut getragen und zugleich hoffnungsvoll gestimmt. Als könne eine unstillbare Sehnsucht eines fernen Tages doch gestillt werden. Er stellt dem Fahrer eine Frage. Ob er denn das Lebensgefühl der Portugiesen mit wenigen Worten beschreiben könne. Der Fahrer lächelt. Es gäbe ein Wort. Um die Widersprüche des Lebens zu beschreiben. Horst blickt ihn erwartungsvoll an. Der Fahrer erwidert freundlich den Blick. Wir nennen dieses Lebensgefühl Saudade.

Eine unstillbare Sehnsucht, die gestillt werden kann. Der Mensch kann sich verändern. Er kann sich weiterentwickeln. Er kann neue Sichtweisen einnehmen. Der Mensch ist in der Lage. Sich zu transformieren.

Im Dank an Britta, die im Vorfeld das Manuskript über-
arbeitete, sowie an Stephan und Philipp, die mich bei der
Verlagszusendung unterstützten.

Der Autor Jo Niksch wurde am 25.05.1961 in Flörsheim am Main geboren und wuchs in Rüsselsheim am Main auf. Nachdem er kurz vor dem Abitur die Schule abgebrochen hatte, jobbte er als Lagerarbeiter und Gärtner. Zudem unternahm er ausgedehnte Auslandsreisen. Nach dreißig Jahren pädagogischer Tätigkeit ist er seit 2018 im Museum Künstlerkolonie in Darmstadt beschäftigt, wo er seit 1989 lebt. Als Gasthörer studiert er an der Technischen Hochschule Darmstadt Politikwissenschaften und Philosophie.

Im Karin Fischer Verlag erschienen zwei Erzählungen des Autors. *Jenseits der dunklen Wolke* (2000) sowie *69* (2004). Beide Werke sind nicht mehr im Handel erhältlich.

Horst ist ein schwermütiger und lebenssatter Mensch. Uwe ist krebskrank und hungrig nach Leben. Eine flüchtige Begegnung stellt die Weichen ihrer Lebenswege neu. Für beide ist es an der Zeit, etwas Neues zu beginnen. Horst erwacht aus seiner Lethargie. Uwe lernt den ehemaligen Greenpeace Mitarbeiter Alan kennen, mit dem er um die halbe Welt reist. Das Leben. Eine Transformation.

FSC
www.fsc.org
MIX
Papier | Fördert
gute Waldnutzung
FSC® C083411

Zeitfracht Medien GmbH
Ferdinand-Jühlke-Straße 7
99095 Erfurt, Deutschland
produktsicherheit@kolibri360.de